당시별재집 **6**

唐詩別裁集

부록

An Anthology of Tang Poems

엮은이 심덕잠(沈德潛, Shen Deqian, 1673~1769) : 청대 시인이자 시론가. 자는 확사(確士)이고 호는 귀우(歸愚)로 중국 소주(蘇州) 사람이다. 고향에서 교육자로 살다가 고령인 67세에 과거에 급제하여 건륭제의 인정을 받은 후 고속으로 승진하여 예부시랑(禮部侍郎)에 이르렀다. 『당시별재집』 이외에 『고시원』(古詩源, 1725), 『명시별재집』(明詩別裁集, 1734), 『청시별재집』(淸詩別裁集, 1761) 등을 편찬했고, 그 밖에 시론집인 『설시수어』(說詩晬語), 『두시우평』(杜詩偶評) 등을 펴냈다.

옮긴이 서성(徐盛, Seo, Sung) : 홍익대학교 산업디자인과와 고려대학교 중어중문학과를 졸업했다. 고려대 중어중문학과에서 석사학위를, 북경대학 중문학과에서 박사학위를 받았다. 현재 열린사이버대학교 교수로 재직 중이다. 펴낸 책으로는 『양한시집』, 『한 권으로 읽는 정통 중국문화』, 『중국문학의 즐거움』(공저), 『삼국지, 그림으로 만나다』 등이 있고, 『그림 속의 그림』, 『대력십재자 시선』 등을 번역하였다.

당시별재집 唐詩別裁集 **6 - 부록**

1판 1쇄 인쇄 2013년 6월 15일 **1판 1쇄 발행** 2013년 6월 25일

엮은이 심덕잠 옮긴이 서성 펴낸이 박성모 펴낸곳 소명출판
등록 제13-522호 **주소** 137-878 서울시 서초구 서초동 1621-18 (란빌딩 1층)
대표전화 (02) 585-7840 **팩시밀리** (02) 585-7848
이메일 somyong@korea.com **홈페이지** www.somyong.co.kr

ISBN 978-89-5626-894-1 94820 **값** 17,000원 ⓒ 한국연구재단, 2013
ISBN 978-89-5626-888-0 (전 6권)

이 번역도서는 2007년도 정부재원(교육인적자원부 학술연구조성사업비)으로 한국연구재단의 지원에 의하여 연구되었음.

부록

당시별재집 6

심덕잠 엮음 | 서성 옮김

唐詩別裁集

소명출판

당시별재집 전체 차례

당시별재집 6—부록
  시인 소전
  시인별 작품 목록
  원시 제목 색인

시인 소전(詩人小傳)

1. 시인 소전은 시인의 생애에 대한 간략한 소개이다.
2. 시인의 이름은 가나다순으로 정리하였다.

가도(賈島)

가도(賈島, 779~843)는 자가 낭선(閬仙)이고, 범양(范陽, 북경시) 사람이다. 스스로 갈석산인 (碣石山人) 또는 고음객(苦吟客)이라 불렀다. 일찍이 법명이 무본(無本)인 승려였으나 환속하였다. 여러 차례 과거에 응시했으나 모두 급제하지 못하였다. 만년에 장강주부(長江主簿)를 지냈으므로 가장강(賈長江)이라고도 부른다. 가도는 한유의 인정을 받았으며, 맹교와 절친하여 '교도'(郊島)라고 병칭되었다. 또 요합(姚合)과도 병칭되어 '요가'(姚賈)라 불리기도 하였다. 그 밖에 장적(張籍), 왕건(王建), 옹도(雍陶) 등과도 교왕이 깊었다.

그의 시는 평이함과 매끄러움에 반대하여 깊은 사색과 웅련된 시구를 찾는데 힘을 기울여, 맑으나 기이하고 편벽된 이미지를 찾는데 주력하였다. 그의 고음(苦吟)은 잘 알려져 있다. 스스로 "두 구를 삼 년 만에 얻어, 한 번 읊으니 두 줄기 눈물이 흐른다"(兩句三年得, 一吟雙淚流)고 표현하였다. 또 "스님이 달빛 아래 문을 두드린다"(僧敲月下門)에서 '두드린다'(敲)가 좋을지 '민다'(推)가 좋을지 고민한 일화는 유명하다. 시집에는 오언율시(五言律詩)와 증답시(贈答詩) 계열의 작품이 많으며, 황량하고 쓸쓸한 광경을 묘사하고 내면의 고독과 슬픔을 표현하는데 탁월하였다. 그러나 한 구 한 구씩 조탁하는 데는 뛰어났지만 전편을 구성하는 힘은 약해, 사공도(司空圖)가 평한 것처럼 "진실로 뛰어난 구는 있지만, 그 전편을 보면 특히 의미가 고갈되어 있"(誠有警句,視其全篇,意思殊餒)는 면이 있다. 소식(蘇軾)은 "맹교는 차고 가도는 말랐다"(郊寒島瘦)고 평가하였다. 시에서 다룬 제재가 비교적 한정된 편이나, 그는 시를 하나의 완성된 예술로 올려놓았다는 점에서 만당 시기에 큰 영향을 끼쳤으며, 송대의 영가사령(永嘉四靈)과 강호시파(江湖詩派)에도 깊은 영향을 미쳤다. 뿐만 아니라 신라 말기와 고려시대의 시인들에게도 일정한 영향을 끼쳤다. 『장강집』(長江集) 10권이 전한다.

가증(賈曾)

가증(賈曾, ?~727)은 하남 낙양 사람이다. 어려서부터 이름이 났으며 710년 이부원외랑(吏部員外郎)으로 있었다. 711년 이융기(李隆基, 나중의 현종)가 태자가 되자 태자사인(太子舍人)으로 선발되었다. 이어서 간의대부, 지제고(知制誥)가 되었고, 개원 초기 중서사인이 되었다. 당시 소진(蘇晉)과 함께 제고를 담당하였는데 모두 문장이 뛰어나 '소가'(蘇賈)라 병칭되었다. 717년 일에 연좌되어 양주자사(洋州刺史)로 좌천되었다가 경주(慶州), 서주(徐州), 정주(鄭州) 등지의 자사로 전직하였다. 726년 광록소경(光祿少卿)으로 올랐고, 곧 이부시랑(吏部侍郎)이 되었으며 다음 해 사망하였다. 현재 시 5편이 전한다.

가지(賈至)

가지(賈至, 718~772)는 자가 유기(幼幾)로, 낙양 사람이다. 군망(郡望)은 장락(長樂, 하북성 冀

縣). 742년(25세) 과거에 급제한 후, 교서랑(校書郎), 선보현위(單父縣尉), 기거사인(起居舍人), 지제고(知制誥) 등을 역임하였다. 안사의 난이 일어나 현종이 촉 지방으로 피난 갈 때 함께 가면서 중서사인(中書舍人)이 되었다. 756년 새로 황위에 오른 숙종을 위해 책문을 쓴 일은 유명하다. 758년 방관의 일당으로 연좌되어 여주자사(汝州刺史)로 좌천되고, 다음 해에 악주사마(岳州司馬)로 강등되었다. 762년 대종(代宗)이 계위하면서 중서사인, 상서우승(尙書右丞), 예부시랑(禮部侍郎), 병부시랑(兵部侍郎), 경조윤(京兆尹), 어사대부(御使大夫), 우산기상시(右散騎常侍) 등 고위직을 연임하였다.

가지는 안사의 난 이후에 방관, 엄우(嚴羽), 두보(杜甫) 등과 친했으며, 악주사마에 있을 때는 폄적되었다가 사면되어 돌아가는 이백(李白)을 동정호에서 만나 시를 주고 받았다. 가지의 시문에 대한 당시 사람들의 평가는 무척 높았다. 이백은 그를 가의(賈誼)에 비견하였으며, 두보는 가지에게 준 시에서 "웅장한 필력이 천고를 비추다"(雄筆映千古)고 하였다. 독고급(獨孤及)은 그의 시를 완적(阮籍)의 '영회시'(詠懷詩)에 비하였다. 송대 엄우(嚴羽)는 그의 시를 '대명가'(大名家)의 반열에 올렸다. 『신당서』「예문지」에는 『가지집』(賈至集) 20권과 『별집』(別集) 15권을 저록하고 있으나, 현존하는 시문은 『전당시』(全唐詩)에 1권과 『전당문』(全唐文)에 3권으로 정리되어 있을 뿐이다. 『구당서』 권190 「문원전」(文苑傳)에 그의 전기가 짤막하게 기록되어 있다.

갈아아(葛鴉兒)

갈아아(葛鴉兒)는 당대 여류 시인이다. 생졸년 등 미상. 그녀의 작품 「양인을 그리며」(懷良人)는 위장(韋莊, 836?~910)이 편집한 『우현집』(又玄集)에 처음 나오므로 대략 중만당 시기에 활동한 것으로 추측된다. 시의 내용으로 보면 평민 부녀로 보인다. 그러나 현재 『전당시』에 소재 전체 3수 가운데 다른 2수는 도교적 색채가 강한 「회선시」(會仙詩)이기 때문에 그녀의 신분이 더욱 묘연하다.

경운(景雲)

경운(景雲)은 승려 시인으로 성당 시기에 활동한 것으로 보이며 안사의 난 후까지 생존한 것으로 보인다. 어려서 경전을 익혔으며 성품이 비범하고 견식이 밝았다. 『선화서보』(宣和書譜)에 의하면, 초서를 좋아해 처음에는 장욱(張旭)에게서 배웠으나 점점 숙련되어 의외지미(意外之味)를 갖추게 되었다고 한다. 『전당시』에 시 3수가 전한다.

경위(耿湋)

경위(耿湋, 약733~약787)는 포주(蒲州, 산서성 永濟) 사람으로, 763년 과거에 급제하여 주질현위(盩厔縣尉)가 되었다. 전기(錢起), 노륜(盧綸) 등과 함께 부마 곽애(郭曖)의 집에 출입하였으며, 당시 이들 시인들과 창화하며 시명이 높아 767년(대력 2년) 전후하여 이들을 통칭하는 '대력십재자'(大曆十才子)의 한 사람이 되었다. 773년 좌습유가 되었으며, 774년 충괄도서사(充括圖書使)로 회남과 강남 지역에 서책을 수집하면서 안진경(顔眞卿), 유장경(劉長卿), 엄유(嚴維), 진계(秦系) 등 현지 명사들과 창화하였다. 781년 허주사법참군(許州司法參軍)으로 좌천되었다. 근체시가 많고, 그 내용은 송별과 수증(酬贈), 가난과 노년에 대한 탄식이 많다. 『신당서』에 『경위시집』(耿湋詩集) 2권이 저록되어 있고, 현재 『전당시』에 2권으로 묶여있다.

고병(高駢)

고병(高駢, 821~887)은 자가 천리(千里)이며 유주(幽州, 북경) 사람이다. 남평군왕(南平郡王) 고숭문(高崇文)의 손자로, 역대로 금군의 장령 출신이 나온 가문에서 젊어서부터 무예를 익혔다. 동시에 문학을 좋아하고 선비들과 교유하였다. 대중 연간에 영주대도독부 좌사마가 되었으며, 일찍이 화살로 두 마리 수리를 맞추어 사람들이 '낙조어사'(落雕御史)라 불렸다. 신책군 도우후가 되었고, 당항(黨項) 강족이 모반하자 금병을 이끌고 나가 공을 세웠다. 860년 진주자사가 되었고, 공을 세워 방어사를 겸하였고, 안남도호, 천평군절도사를 역임하였다. 873년 희종이 즉위하자 동중서문하평장사가 추가되고, 검남서천절도사가 되었다. 878년 형남절도사가 되었고, 황소의 군대를 친 공로로 다음 해에 제도병마도통, 강회염철전운등사, 회남절도부대사가 되었고, 더불어 검교태위와 동평장사에 올랐다. 880년 12월에 신라 문인 최치원(崔致遠)이 회남절도사 고병 아래 종사로 들어갔다. 당시 전란이 횡행하는 때 고병은 병력을 가지고 일부 지방에 할거할 마음을 가지고 있었다. 이를 안 희종이 고병을 발해군왕에 봉하면서 그 병권을 삭감하니, 고병이 분노하여 조정의 대신들을 폄훼하는 상서를 올렸다. 그 결과 수하의 부하들이 이탈하였다. 884년 최치원이 신라로 돌아갔다. 나중에 여용지(呂用之)와 제갈은(諸葛殷) 등을 총애하고, 신선술에 몰두하고, 형벌을 심하게 하고 조세를 가중시키면서 군심이 크게 어지러워졌다. 887년 부장 필사탁(畢師鐸)에 의해 감금되어 살해되었다. 고병은 시에 능했으며 특히 오칠언 절구에 뛰어났다. 현재 『전당시』에 시 1권이 남아있다.

고섬(高蟾)

고섬(高蟾, ?~?)은 만당 시기 활동한 시인으로, 하삭(河朔, 산서성) 지역 사람이다. 출신은 한미하였으나 기절이 있고 성정이 뛰어났다. 과거를 여러 해 동안 보았으나 10년이 지나도 급제하지 못하여 스스로 아쉬운 마음을 시로 표현하여 사람들의 동정을 받았다. 873년에 다른 사람의 추천으로 급제하였다. 관직은 896년경 어사중승에 이르렀다. 고섬이 교왕한 시인으로는 정곡과 관휴 등이 있다. 그의 시는 기세가 웅장한 것으로 평가받았다. 현재 『전당시』에 시 1권이 전한다.

고적(高適) ──────────────

고적(高適, 700~765)은 자가 달부(達夫) 또는 중무(仲武)이며 발해(渤海) 수현(蓨縣, 하북성 景縣 남쪽) 사람이다. 어려서부터 특별한 생업이 없이 하북과 하남 일대를 떠돌거나 은거하며 지냈고, 40세가 되어도 여전히 어렵게 공부하였다. 749년(50세) 장구고(張九皐)의 추천을 받아 과거의 유도과(有道科)에 급제하여 봉구현(封丘縣) 현위(縣尉)가 되었다. 752년 가서한(哥舒翰)이 하서농우절도사(河西隴右節度使)로 있을 때 고적은 그 막하에서 기실참군(記室參軍)으로 일했다. 안사(安史)의 난이 일어났을 때, 고적은 현종의 의견에 반대하여, 분봉을 하지 않는 것이 숙종(肅宗) 이형(李亨)에게 유리하다고 하여 숙종의 상찬을 받았다. 이후 관직이 계속 올라 좌습유(左拾遺), 감찰어사(監察御史), 시어사(侍御史), 회남절도사(淮南節度使), 팽주자사(彭州刺史), 촉주자사(蜀州刺史), 검남서천절도사(劍南西川節度使), 산기상시(散騎常侍) 등을 역임하였다.

　인생의 전반을 유랑하였기에 민생의 어려움을 시에서도 많이 표현하였다. 당시 병사들의 어려운 생활과 불평등, 장수들의 나태를 보고 이를 비판하였다. 변새시로 유명한 잠삼(岑參)과 함께 '고잠'(高岑)으로 병칭된다. 음률이 높고 맑으며 언어가 공정(工整)하다. 또 분방한 기세에 격앙되고 강개한 정신이 실려 있다. 특히 칠언고시에 뛰어나, 가행시(歌行詩)는 규모가 크고 변화가 심해 격렬하고 웅장하다. 은번(殷璠)은 "시에 가슴 속의 말이 직설적으로 많이 표출되었으며, 기골(氣骨)을 겸하고 있다"(詩多胸臆語, 兼有氣骨)라고 평가하였으며, 왕사진(王士禛)은 그의 시의 풍격을 "비장하면서 돈후하다"(悲壯而厚)고 하였다. 『구당서』에 『고적집』(高適集) 20권을 저록하고 있으나, 송대 이래 『고상시집』(高常侍集) 10권이 전해진다. 『구당서』 권111과 『신당서』 권143에 전기가 실려 있다.

고황(顧況) ──────────────

고황(顧況, 약 727~약 816)은 자가 포옹(逋翁)이며 호를 화양산인(華陽山人)이라 했다. 소주(蘇州) 사람. 757년 과거에 급제한 후, 항주 감염관(監鹽官)과 온주 감염관을 역임하였다. 780년 절강동서관찰사(浙江東西觀察使) 한황(韓滉)의 판관이 되었다. 787년 비서성 교서랑이 되었고 다음 해 저작좌랑(著作佐郎)이 되었다. 당시 거주하고 있던 장안 선평리(宣平里)에서 유혼(柳渾), 유태진(劉太眞) 등과 육언시(六言詩)를 짓자 다음날 조정의 신료들이 창화하였고 이를 모아 『고황의 집을 방문하여』(諸朝彦過顧況宅賦詩) 1권으로 묶은 일은 유명하다. 789년 요주사호참군(饒州司戶參軍)으로 좌천되었으며 794년 모산(茅山)에 들어가 도사가 되었다.

　고황은 성정이 자유롭고 농담을 잘하고 불교와 도교를 좋아하였다. 시는 특히 가행체(歌行體)에 뛰어났으며, 그 시풍에 대해 송대 엄우(嚴羽)는 "성당의 풍골이 약간 있다"(稍有盛唐風骨處)고 하였다. 『신당서』에 『고황집』(顧況集) 20권이 저록되어 있으나, 현재에는 『화양집』(華陽集) 3권만 전한다. 시는 『전당시』에 4권으로 묶여있고, 문장은 『전당문』에 3권으로 정리되어 있다.

공승억(公乘億)

공승억(公乘億)은 자가 수산(壽山)이고 위현(魏縣, 하북성 大名 서북) 사람이다. 빈한한 출신으로 오랫동안 과거를 준비하다가 871년에야 진사과에 급제하였다. 877년 경조 만년현위(萬年縣尉)가 되었고, 나중에 이산보(李山甫)와 함께 위박절도사 악언정(樂彦禎)의 종사가 되었다. 소종(昭宗) 때 위박절도사 나홍신(羅弘信)의 종사로 있다가 죽었다. 공승억은 시를 잘 지어, 당시 사람들이 그의 시를 벽에 써 두고 법식으로 삼는 경우가 많았다. 『신당서』「예문지」에 『공승억시』(公乘億詩) 1권과 『부집』(賦集) 12권이 저록되어 있고, 『송사』「예문지」에 『주림집』(珠林集) 4권, 『화림집』(華林集) 3권, 문집 7권이 저록되어 있으나 모두 산일되었다. 현재 『전당시』에 시 4수가 남아 있고, 『전당문』에 문장 3편이 남아 있다.

곽진(郭震)

곽진(郭震, 656~713)은 자가 원진(元振)으로 위주(魏州) 귀향(貴鄉, 하북성 大名縣) 사람이다. 18세에 급제하여 통천위(通泉尉)로 관직을 시작하였다. 무측천에게 「보검편」(寶劍篇)을 올려 우무위개조(右武衛鎧曹) 참군(參軍)이 되었고, 양주도위(涼州都尉)가 되어 전공을 세웠다. 중종 때 안서대도호(安西大都護)가 된 후, 태복경(太僕卿), 병부상서(兵部尚書)를 역임하였고, 712년에 삭방대총관(朔方大總管)이 되었다. 전기는 『구당서』권97과 『신당서』권122에 실려 있다. 원래 문집 20권 등이 저록되어 있으나 대부분 산일되었고, 현재 시는 『전당시』2에 1권으로 남아 있다.

교연(皎然)

교연(皎然, 약720~약797)은 승려 시인으로 본명은 사주(謝晝)이다. 자는 청주(淸晝)이며, 호주(湖州) 장성(長城, 절강 長興) 사람이다. 스스로 사령운의 10세손이라고 하였으나 실은 사안(謝安)의 후예이다. 청년기에 벼슬을 구하러 왕공대부들을 찾아가 간알(干謁)하였고 과거도 응시하였으나 급제하지 못하였다. 744년 윤주(潤州) 강녕(江寧) 장간사(長干寺)에 출가하였고, 748년 구족계를 받고 항주 영은사(靈隱寺) 율사 수진(守眞)의 문하에 들어갔다. 이후 전국 각지를 유력하고 장안에 들어가 공경대부들과 교유하였다. 760년 이후 호주에 정착하면서 백평주초당(白萍洲草堂), 초계초당(苕溪草堂), 용흥사(龍興寺), 저산묘회사(杼山妙喜寺), 유가사(柳家寺) 등지를 다녔다. 동시에 곧잘 소주, 항주, 상주, 목주 등지를 다니면서, 이들 지역의 전후임 자사(刺史)인 노유평(盧幼平), 배청(裴清), 안진경(顔眞卿), 원고(袁高), 육장원(陸長源), 우적(于頔) 등과 교왕하였다. 또 문사나 승려들과도 널리 교유하였는데, 육우(陸羽), 길중부(吉中孚), 탕형(湯衡), 고황(顧況), 위거모(韋渠牟), 안진경(顔眞卿), 황보증(皇甫曾), 이종(李縱), 이양빙(李陽冰), 유중용(柳中庸), 이가우(李嘉祐), 유장경(劉長卿), 영철(靈澈), 위응물(韋應物), 권덕여(權德興), 포길(包佶), 맹교(孟郊) 등과 어울렸다. 이중에서도 특히 773년부터 5년 동안 안진경이 호주자사로 있을 때 그 교류가 빈번하고 성대하였다. 이 기간에 안진경과 교연이 주도하여 대형 유서 『운해경원』(韻海鏡源)을 편찬하였는데, 30여 명의 문사가 참가하면서 자주 시회를 열고 시를 수창하여, 이를 모아 『오흥집』(吳興集) 10권으로 묶어내기도 하였다. 796년 지은 문장이 있으므로 그 이후에 죽은 것으로 보인다.

교연은 대력, 정원 연간에 시명이 높았다. 유우석은 어렸을 때 그로부터 시를 배웠으며, 덕종은 집현전에 명하여 그의 시집을 전사하여 비각에 보존하게 하였다. 호주자사 우적(于頔)은 "강남의 문인은 모두 그를 모범으로 삼았다"고 말하였다. 저술도 풍부하여 현전하는 『시식』(詩式) 5권은 중요한 시 이론서로 손꼽힌다. 이 밖에 『교연집』 10권이 전한다. 『전당시』에는 시만 7권으로 묶여져 있다. 『송고승전』(宋高僧傳) 권29에 전기가 실려 있다.

교지지(喬知之)

교지지(喬知之, ?~690)는 동주(同州) 풍익(馮翊, 섬서성 大荔) 사람이다. 동생 교간(喬侃), 교비(喬備)와 함께 문명이 높았다. 무측천 정권 때 좌보궐(左補闕)이 되었고, 686년 시어사(侍御史)가 되었으며, 나중에 좌사랑중(左司郎中)에 이르렀다.

시첩 중에 용모가 뛰어나고 가무를 잘 하는 절낭(竊娘)이 있었는데 무측천의 일당인 무승사(武承嗣)가 빼앗았다. 교지지가 석숭(石崇)의 애첩인 녹주(綠珠)를 소재로 한 시 「녹주편」(綠珠篇)을 지어 보내니 절낭이 이를 보고 우물에 투신하여 죽었다. 무승사가 절낭의 옷자락에서 교지지의 시를 발견하고, 노하여 교지지에게 죄명을 씌워 죽였다. 교지지는 악부시에 뛰어났으며, 진자앙(陳子昂)과 교분이 두터웠다. 『신당서』에 문집이 20권 있다고 저록되어 있으나 현재 『전당시』에 시 18수가 전할 뿐이다. 『구당서』 권190중(中)에 전기가 있다.

구위(邱爲)

구위(邱爲, 703?~798?)는 소주(蘇州) 가흥(嘉興) 사람이다. 여러 차례 과거에 응시했다가 742년(40세경)에 급제하였다. 주객랑중(主客郎中), 사훈랑중(司勳郎中), 태자우서자(太子右庶子), 산기상시(散騎常侍) 등을 역임하였다. 96세까지 살았지만 시작 활동은 주로 8세기 전반기에 하였다. 동일 시기 시인 왕유, 유장경과 친하였으며, 이들과 화답한 시들이 남아있다. 현재 『전당시』에 실린 13수 이외에 돈황 문헌에 5수가 발견되었다.

궁인 한씨(宮人韓氏)

궁인 한씨는 희종(僖宗) 때 궁녀로 이름과 생졸년 미상. 나중에 방출되어 보병위 우우(于祐)와 결혼하였다. 그녀가 쓴 「홍엽에 적다」(題紅葉)와 관련된 이야기는 송대 유부(劉斧)의 『청쇄고의』(靑瑣高議) 권5에 실린, 장실(張實)의 「유홍기」(流紅記)에 전한다.

권덕여(權德輿)

권덕여(權德輿, 759~818)는 자가 재지(載之)이며, 윤주(潤州) 단양(丹陽) 사람이다. 명사 권고(權皐)의 아들이다. 어려서 총명하여 4살부터 시를 썼다. 780년(22세) 회남출척사(淮南黜陟使) 한회(韓洄)의 종사(從事) 겸 교서랑(校書郎)이 되었고, 786년에는 강서관찰사(江西觀察使) 이겸(李兼)의 판관(判官)이 되었다. 792년 입궐한 후 태상박사(太常博士), 좌보궐(左補闕), 기거사인(起居舍人) 겸 지제고(知制誥)가 되었다. 이후에도 계속 중서사인(中書舍人), 예부시랑(禮部侍郎)이 되어 고명(誥命)을 관장하고 공거(貢擧)가 되어 과거시험을 주관하였다. 805년 이래에도 계속 승진하여 예부상서(禮部尙書), 동도유수(東都留守), 형부상서(刑部尙書) 등을 역임하였다. 818년 산남동도절도사(山南東道節度使)가 되었으며 재임 중 죽었다.

정원(貞元), 원화(元和) 연간에 고관으로 지내며 문단의 좌장으로, 당시 공경(公卿)들의 비명이나 서문은 그의 손에서 많이 나왔다. 시는 오언시가 많고 가작도 오언고시나 오언율시에서 많이 나온다. 엄우(嚴羽)는 "성당과 아주 비슷한 시가 있다"(有絶似盛唐者)고 평하였다. 원래 시문이 많았으나 현재 『권재지집』(權載之集) 50권만 전한다. 『구당서』 권148과 『신당서』 권165에 전기가 실려 있다.

기당부(紀唐夫)

기당부(紀唐夫)는 선종(宣宗, 847~859) 때 진사과에 급제하였다. 863년 온정균이 방성위(方城尉)로 폄적되어 갈 때 문인들이 다투어 시부를 써서 전송하였는데, 기당부의 시가 가장 뛰어났다. 현재 시 3수가 전해진다.

기무잠(綦毋潛)

기무잠(綦毋潛, 약691~약756)은 성당 시기에 활동한 시인으로, 자는 효통(孝通)이며, 강서 남강(南康) 사람이다. 15세에 장안에 유학하여 여러 시인들과 사귀며 시명이 알려졌다.

726년에 급제하여 교서랑(校書郞)이 되었다. 728년 벼슬을 그만 두고 고향으로 돌아갔다. 731년 낙양에 다시 가 생활하였다. 750년 의수위(宜壽尉)가 된 이후 좌습유(左拾遺), 집현전 대제(集賢院待制), 광문박사(廣文博士), 저작랑(著作郞) 등을 역임하였다.

　친했던 시인은 왕유, 맹호연, 이기, 고적, 저광희 등이다. 성당 시기 강남의 가장 저명한 시인이었다. 사찰과 도관을 배경으로 한 시가 많고 그윽한 산수의 광경을 그려내는데 뛰어났으며, 시풍은 왕유와 비슷하다. 현재 시 26수가 남아있다.

김창서(金昌緒)

김창서(金昌緒, ?~?)는 대중 연간(847~859) 이전에 활동하였다. 여항(餘杭, 절강성) 사람으로, 그가 지은 「봄의 원망」(春怨)은 널리 인구에 회자한 시로, 고도(顧陶)가 865년에 편집한 『당시류선』(唐詩類選)에 실려 있다.

나양(羅讓)

나양(羅讓, 767~837)은 자가 경선(景宣)이며, 월주 회계(會稽, 절강성 소흥시) 사람이다. 경조윤을 지냈던 나향(羅珦)의 아들. 801년 진사과에 급제하였고, 806년 재식겸무명어체용과(才識兼茂明於體用科)에 급제하여 함양위(咸陽尉)를 제수받았다. 809년 부친의 사망에 여러 해 동안 상을 지키며 징초에 응하지 않았다. 나중에 회남절도사 이부(李鄘)의 종사(從事)가 되었다. 이후 감찰어사, 전중시어사, 이부원외랑, 사봉랑중 등을 역임하였다. 831년 급사중에서 복건관찰사로 출임하였고, 다시 들어와 좌산기상시가 되었다. 836년 강서관찰사로 나갔다가 다음 해 죽었다. 『신당서』에 저작 30권이 있다고 저록되어 있지만 나중에 망일되었으며, 현존하는 작품은 시 2편, 부 3편, 대책(對策) 1편뿐이다. 『신당서』와 『구당서』에 전기가 있다.

나은(羅隱)

나은(羅隱, 833~910)은 본명이 나횡(羅橫)이고 자가 소간(昭諫)이다. 신성(新城, 절강 富陽) 사람이다. 어려서부터 총명하였으며 글과 시를 잘 지어 이름이 있었다. 특히 풍자성이 뛰어난 영사시를 잘 지었다. 과거를 열 번 이상 보아도 합격하지 못하자 이름을 나은으로 고쳤다. 870년(38세) 호남 형양주부(衡陽主簿)가 되었고, 이후 강서절도사 종사 등을 역임했으나 뜻을 얻지 못하였다. 887년(55세) 지방 군벌이 된 항주자사 전류(錢鏐)의 인정을 받아 종사가 된 후, 곧 전당현령(錢塘縣令)에 임명되었다. 893년 전류가 진해군절도사가 되면서 장서기로 임명되었고, 곧 이어 판관이 되었다. 902년 전류가 월왕(越王)에 봉해지면서 그 아래에서 승진을 계속하여 906년에 사훈랑중(司勛郞中), 충절도판관(充節度判官), 염철발운부사(鹽鐵發運副使)가 되었다. 907년 당이 망하면서 전류가 항주를 중심으로 오월(吳越, 907~978)을 건국하자 급사중(給事中), 염철발운사에 이르렀다.

　　나은은 동 시대 시인인 나규(羅虯), 나업(羅鄴)과 함께 '삼라'(三羅)라 칭해졌다. 그의 시는 자신의 회재불우가 많으며 종종 세속에 대한 비판이 끼어든다. 쉽고 유창한 언어에 때로 구어를 적절히 구사하여 생동감 넘치는 명구를 남겼다. 나은은 시 이외에 문장도 잘했는데 특히 소품문에 뛰어났다. 867년 자신의 문장을 모은 『참서』(讒書)는 세속에 대한 질타와 자신의 처지에 대한 울분을 담은 명문으로 알려졌다. 저술은 상당히 풍부하나 또한 산일된 것도 많다. 현존하는 시는 『전당시』에 11권으로 묶여져 있고, 문장은 『전당문』에 4권으로 묶어져 있다. 『구오대사』(舊五代史) 권24에 전기가 실려 있다.

낙빈왕(駱賓王)

낙빈왕(駱賓王, 623~684)은 자는 관광(觀光)으로, 무주(婺州) 의오(義烏, 지금의 절강성 義烏市) 사람이다. 7세 때 지었다고 하는 「거위」(詠鵝)는 지금도 중국 어린이들이 배우는 첫 번째 고전시로 유명하다. "거위야, 거위야, 거위야, 구부러진 목으로 하늘을 향해 노래하느냐. 하얀 날개는 푸른 물 위에 떠 있고, 붉은 발바닥은 맑은 물결 저어낸다."(鵝鵝鵝, 曲項向天歌. 白毛浮綠水, 紅掌撥淸波.) 고종 때 도왕부(道王府)에서 봉직했으며, 봉례랑(奉禮郎), 무공현(武功縣) 주부(主簿), 장안현(長安縣) 주부(主簿), 시어사(侍御史) 등을 역임했다.

　　671년경에 왕발, 양형, 노조린과 함께 '사걸'(四傑)의 하나로 이름났다. 시어사를 역임할 당시 정치의 문제점에 대해 상소한 탓으로 무측천(武則天)의 심기를 건드려 투옥되었다가 임해승(臨海丞)으로 좌천되었다. 684년 서경업(徐敬業)이 양주(揚州)에서 반란을 일으키자 이에 호응하여 기실(記室)이 되었고 무측천(武則天)을 토격하는 격문을 지었다. 무측천이 이 격문을 읽고 낙빈왕의 재능을 아쉬워하였다는 일화는 유명하다. 2달 후 반란이 실패하면서 함께 살해되었다. 혹은 도망하여 승려가 되었다는 설도 있다. 「제경편」(帝京篇)과 같은 칠언가행에 뛰어났으며 오언율시도 웅걸(雄傑)하다는 평을 받는다. 무측천이 그의 문집을 구하자 치운경(郗雲卿)이 편집하여 10권으로 만들었다. 현재 『전당시』에 시가 3권으로 묶여 있으며, 통행본으로는 청대 진희진(陳熙晉)이 편찬한 『낙임해집전주』(駱臨海集箋注)가 있다.

낭사원(郎士元)

낭사원(郎士元, ?~약 781)은 자가 군주(君胄)이며 중산(中山, 하북성 定縣) 사람이다. 756년에 과거에 급제한 후 762년 위남위(渭南尉)가 되었다. 이때 별장을 짓고 왕계우(王季友), 전기(錢起) 등과 창화하였다. 764년 좌습유가 된 이후 교서랑, 보궐(補闕), 원외랑(員外郎) 등을 역임하였고, 777년 영주자사(郢州刺史)가 되었다.

　　낭사원은 당시 시명이 높아 전기와 '전랑'(錢郎)으로 병칭되었으며, "앞에는 심전기와 송지문이 있었다면 뒤에는 전기와 낭사원이 있다"(前有沈宋, 後有錢郎)고 하였다. 오언율시를 잘 지었으며 특히 송별시에 뛰어나, 조정의 공경이 출시하거나 지방관으로 부임할 때 전기나 낭사원의 시가 없으면 손색이 있다고 느꼈다. 고중무(高仲武)는 『중흥간기집』(中興間氣集)에서 상권은 전기의 시를 처음 싣고 하권은 낭사원의 시를 처음에 두면서 그 시풍을 '한아'(閑雅)하다고 하였다. 그러나 송별시와 증답시가 많은 대신 다른 제재의 시가 적어 사상적 폭은 비교적 좁은 편이다. 그의 시는 『전당시』에 1권으로 모아져 있다.

내곡(來鵠)

내곡(來鵠, ?~883?)은 만당 시기에 활동한 시인으로, 예장(豫章, 강서 南昌) 사람이다. 같은 시기에 활동한 동향 사람 내붕(來鵬)과 동일인으로 알려졌으나, 오늘날의 고증에 의하면 내곡은 문장가로 별도로 있고, 시인은 내붕이라 해야 맞다. 내붕은 집안이 가난하였으며, 여러 번 과거에 응시했으나 급제하지 못하였다. 전원을 노래한 시는 청려(淸麗)하나, 보통 권세가에 대한 풍자와 세속에 대한 질타가 있고 기려와 낙백에 대한 내용이 많다. 건부 연간에 복건관찰사 위수(韋岫)가 그의 재능을 아껴 사위로 삼으려 하였으나 성사되지 못하였다. 황소의 난이 발발하여 촉 지방을 유람하였으나 그곳에서 객사하였다. 『전당시』에 내곡의 이름으로 묶여 있는 1권의 시는 대부분 내붕의 시이다.

냉조양(冷朝陽)

냉조양(冷朝陽)은 윤주 강녕(江寧, 남경시) 사람이다. 769년 진사과에 급제하였으며, 급제 후 장안에서 강동으로 부모를 뵈러 갈 때 전기(錢起), 이가우(李嘉祐), 한굉(韓翃) 등의 전별과 송별시를 받았다. 상위(相韋)절도사 설숭(薛嵩)의 빈객이 되었다가, 784년 태자정자(太子正字)에 임명되고, 정원 연간(785~804)에 감찰어사까지 올랐다. 원대 신문방(辛文房)은 "법도가 약간 약하지만 어휘와 리듬이 청월하다"(法度稍弱, 字韻淸越.)고 평하였다. 현존하는 시는 『전당시』에 11수, 『전당시보편』에 1수 등 모두 12수가 남아있다.

노륜(盧綸)

노륜(盧綸, 748~약799)은 자가 윤언(允言)이고 포주(蒲州, 산서성 永濟) 사람이다. 어려서 부모를 잃어 외가 위씨(韋氏) 집에서 자랐으며, 안사의 난이 일어나자 파양(鄱陽)으로 피난가서 살았다. 대력 연간 초기에 여러 차례 과거에 응시하였으나 급제하지 못하고 771년 재상 원재(元載)가 그의 문필을 인정하면서 추천하여 문향위(閿鄕尉)가 되었다. 다음해 밀현령(密縣令)이 되었으며 773년 섬부 호조(陜府戶曹)가 되었다. 774년경 재상 왕진(王縉)의 추천으로 집현전학사 및 비서성 교서랑이 되었으나 곧 병으로 그만두었다. 이후 주로 장안과 낙양에서 지내다가 780년 소응령(昭應令)이 되었다. 785년 하중동섬곽행영부원수(河中同陜虢行營副元帥) 혼감(渾瑊) 아래에서 판관(判官)이 되었다. 만년에 덕종(德宗)의 부름을 받아 창화한 후 호부랑중(戶部郞中)에 이르렀다.

노륜은 대종(代宗)과 덕종(德宗) 연간에 시명으로 이름이 높았다. 그의 사후 헌종(憲宗)이 사람을 보내 유작을 찾도록 하였으며, 문종(文宗) 역시 노륜의 시를 좋아하여 그 후손에게 시문을 진상하게 하여 500편을 얻었다. 대력십재자 가운데 연배가 어린 편이나 시는 다른 시인보다 남성적이다. 송별시와 응수시가 많으나 아름다운 서경시와 변새시도 있다. 수려한 점도 있으나 종종 속조(俗調)에 빠지기도 한다. 그의 시를 통해 대력 시풍(大曆詩風)이 정원(貞元) 연간에 어떻게 변모했는지 알 수 있다. 『신당서』에 『노륜시집』(盧綸詩集) 10권이 저록되어 있으며, 현재 『노호부시집』(盧戶部詩集) 10권이 전한다.

노선(盧僎)

노선(盧僎, ?~750?)은 상주(相州) 임장(臨漳, 하북성) 사람으로, 군망은 범양 탁현(涿縣)이다. 개원 연간에 문희현(聞喜縣) 현위를 지내다가 718년 저무량(褚無量)의 추천으로 집현전 학사가 되었다. 이후 사부원외랑, 양양령(襄陽令), 이부원외랑 등을 역임하고 여주장사로 관직을 마쳤다. 노선은 시를 잘 지었으며 맹호연과 망형지교를 맺었다. 예정장(芮挺章)이 편집한 『국수집』(國秀集)에 가장 많은 시 13수가 실린 것으로 당시 그의 영향을 알 수 있다. 현재 시 14수가 남아 전한다.

노조린(盧照鄰)

노조린(盧照鄰, 633?~683?)은 자가 승지(昇之)로 범양(范陽, 지금의 하북성 涿縣) 사람이며, 호를 유우자(幽憂子)라 하였다. 20세 때 등왕(鄧王) 이원유(李元裕)의 전첨(典簽)이 되었고, 익주(益州) 신도위(新都尉)를 역임하였다. 익주에 있을 때 왕발(王勃)과 시를 창화하였다. 익주에서 낙양에 돌아온 후 672년에 풍질(風疾)에 걸려 이후 병과 사투하였다. 태백산에 들어가 휴양하는 중 약을 잘못 써 중독되었고 낙양 용문산에서 도술을 배우기도 하였으나 효험을 보지 못하였다. 결국 스스로 영수(穎水)에 뛰어들어 죽었다.

노조린은 「장안 고의」(長安古意)와 같은 칠언 가행체(歌行體)에 특히 뛰어났다. 어휘가 화려하고 내용이 다양하며, 의경이 맑고 깊으며 운치가 높다. 현존하는 시는 『전당시』에 2권으로 묶여 있다.

노필(盧弼)

노여필(盧汝弼)이라 해야 맞다. 노여필(盧汝弼, ?~921)은 자가 자해(子諧)이며 중당의 시인 노륜의 손자이다. 조적(祖籍)은 범양(范陽, 하북성 涿縣)이나 나중에 하중 포주(蒲州, 산서성

永濟로 이사하였다. 이러서 힘써 공부하였고 시문이 아름다워 시인의 칭송을 받았다. 893년경에 과거에 급제한 후, 사부원외랑, 지제고이 되었다. 당시 번진 가운데 세력이 가장 강한 주온(朱溫)이 환관들을 살해하고 낙양으로 천도할 때 소종(昭宗, 재위 889~904)을 따라 낙양으로 갔다. 노여필은 불안한 정국에 두려움을 느껴 조정을 떠나 상당(上黨)에 가서 객거하였고, 태원의 하동절도사 이극용에 의탁하였다. 노여필은 시문에 뛰어났고, 후당 장종(莊宗)이 진왕(晉王)이었을 때 많은 문장이 그의 손에서 나왔다. 또 서예에도 뛰어났다. 현재 시 8수가 남아있다.

담용지(譚用之)

담용지(譚用之, ?~?)는 오대 송초 시기에 활동한 시인이다. 자가 장용(藏用)이다. 벼슬이 순탄치 않아 오랫동안 관중과 소상(瀟湘) 등 각지를 떠돌아다녔으며, 그의 시도 송별과 실의에 대한 내용이 많다. 산인, 처사, 도인들과 교유하였다. 칠언율시를 잘 썼으며 특히 사경에 뛰어났다. 『전당시』에 시 1권이 남아 있다.

당언겸(唐彦謙)

당언겸(唐彦謙, ?~893?)은 자가 무업(茂業)이며 병주 진양(晉陽, 산서성 태원시) 사람이다. 재주가 뛰어나 자부심이 강하였으나 10여 년 동안 과거에 급제하지 못하였다. 황소의 난으로 세상이 어지러워지자 880년 양양의 녹문산(鹿門山)에 은거하며 '녹문선생'이라 자호하고 저술에 몰두하였다. 881년 하중절도사 왕중영(王重榮)의 종사로 초빙되었다. 882년 진주자사(晉州刺史)가 되었다가 같은 해 강주자사(絳州刺史)로 전임되었다. 887년 왕중영이 피살되면서 흥원참군사로 폄적되었으나, 흥원절도사 양수량(楊守亮)이 판관으로 발탁하였다. 이후 낭주자사(閬州刺史)와 벽주자사(壁州刺史)를 역임하였다. 젊어서는 온정균과 이상은의 시를 배웠으나 나중에는 두보를 숭상하여 시풍이 순아(淳雅)해졌다. 특히 칠언시를 잘 지었으며 시풍이 장려하다. 전고가 정교하고 대우가 잘 맞아 송대 초기 서곤파 시인인 양억(楊億)과 유균(劉筠)을 비롯하여 강서시파 시인 황정견(黃庭堅)이 그의 시를 좋아하였다. 현재 『녹문집』(鹿門集)이 전해지며, 『전당시』에는 현존하는 시가 2권으로 묶여 있다.

대숙륜(戴叔倫)

대숙륜(戴叔倫, 732~789)은 자가 차공(次公) 또는 유공(幼公)으로, 윤주 금단(金壇) 사람이다. 젊어서 소영사(蕭穎士)의 문하에 들어가 배웠다. 768년 유안(劉晏)의 추천으로 호남전운유후(湖南轉運留侯) 겸 감찰어사(監察御史)로 일했으며, 772년에 장안에 들어가 광문박사(廣文博士)가 되었다. 776년 다시 호남전운유후(湖南轉運留後) 겸 감찰어사(監察御史)

가 되었다. 780년 무주(婺州) 동양령(東陽令)이 된 후 호남절도사와 강서절도사 아래에 종사로 일했다. 784년 무주자사(撫州刺史), 용주자사(容州刺史) 및 용관경략사(容管經略使) 가 되었다.

대숙륜의 시론도 현재 단편적으로 남아있는데, "시가의 의경은 마치 남전에 햇빛이 따뜻하면 좋은 옥에서 연기가 나듯, 볼 수는 있어도 눈앞에 가져다 둘 수 없다"(詩歌之景, 如藍田日暖, 良玉生煙, 可望而不可置於眉睫之前也.)는 구절이 잘 알려져 있다. 『신당서』에는 『술고』(述稿) 10권이 저록되어 있으나 전하지 않고, 현재 『전당시』에 시 2권이 묶여있다.

도한(陶翰)

8세기 전반에 활동한 시인. 730년 진사에 급제하고 다음 해에 박학굉사과(博學宏詞科)에 급제하였다. 태상박사(太常博士)와 예부원외랑(禮部員外郎)을 역임하였다. 특히 고언고시에 뛰어났으며, 부(賦)에도 뛰어나 「빙호부」(冰壺賦)로 이름이 높았다. 은번(殷璠)은 "흥상(興象)이 많은데다 풍골(風骨)을 갖추었다"(旣多興象, 復備風骨)라고 평하였다. 고황(顧況)은 그를 왕창령(王昌齡), 기무잠(綦毋潛)과 비견된다고 평하였다. 현존하는 시 18수 가운데 733년에 지은 「신라로 돌아가는 태복원외경(太僕員外卿) 김사란(金思蘭)을 보내며」(送金卿歸新羅)란 시도 있다.

도현(陶峴)

도현(陶峴, ?~770)은 도연명의 후예로, 여산에 조상이 남긴 재산이 있었다. 개원 말기 곤산(崑山, 강소)으로 집을 옮겼다. 강호를 30년 유람하였으며 종종 몇 해가 지나도 돌아가지 않았다. 스스로 미록야인(麋鹿野人)이라 했으며 사령운의 사람됨을 지극히 추앙하여, 산수 속에서 즐거이 죽겠다고 말하였다. 배를 세 척 만들어, 한 척은 자신이 타고, 다른 하나는 손님을 싣고, 나머지 하나에는 음식을 싣고 다녔다. 그리고선 맹언심(孟彦深), 맹운경(孟雲卿), 초수(焦遂)와 함께 각지를 여행하였다. 음악에도 밝아 『악록』 8장을 지었다. 현재 시 1수가 전해진다.

독고수(獨孤綬)

독고수(獨孤綬)는 779년 진사과에 급제하였고, 이후 박학굉사과에도 급제하였다. 그 밖의 사항은 미상. 독고수는 부(賦)와 송(頌)에 뛰어났는데, 「방순상부」(放馴象賦)는 덕종(德宗)의 격찬을 받았다. 현존하는 작품은 『전당시』에 시 2수, 『전당문』에 문장 24편이 전한다.

두모(竇牟)

두모(竇牟, 749~822)는 자가 이주(眙周)이고 경조 금성(金城, 섬서성 興平) 사람이다. 786년(38세) 진사과에 급제하여 비서성 교서랑, 동도유수 판관이 되었다. 792년 하양절도사 이원순(李元淳)의 종사가 되었고, 이후 15년 동안 이원순이 죽을 때까지 막부에 있었다. 이원순이 소의절도사로 옮기고, 노종사(盧從史)가 후임으로 들어올 때도 판관으로 일했다. 810년 입경하여 우부랑중이 된 후 낙양령, 도관랑중, 택주자사(澤州刺史) 등을 역임하다가 국자사업으로 관직을 마쳤다. 두모는 시인 두숙향(竇叔向)의 아들로 형 두상(竇常)과 동생 두군(竇群), 두상(竇庠), 두공(竇鞏)과 함께 시명이 높았다. 일찍이 한유가 그에게서 배웠다. 두씨 부자와 형제들이 수창한 『두씨연주집』(竇氏聯珠集) 5권이 현재 전한다. 『전당시』에 시 21수가 남아있다.

두목(杜牧)

두목(杜牧, 803~852)은 자가 목지(牧之)이며 경조 만년(萬年, 서안시) 사람이다. 조부 두우(杜佑)는 저명한 역사가이며, 부친 두종욱(杜從郁)은 하부원외랑(賀部員外郎)을 역임했다. 828년 진사과에 급제했으며, 같은 해에 이어서 현량방정-능직언극간과(賢良方正能直言極諫科)에 급제하여 홍문관 교서랑이 되었다. 곧 강서관찰사 심전사(沈傳師)의 막부에 있었으며, 심전사가 선흡관찰사(宣歙觀察使)로 옮겨가자 따라갔다. 833년 회남절도사 우승유(牛僧孺) 아래 추관(推官)에 당서기가 되었으며, 835년 입조하여 감찰어사가 되었다. 837년 선흡관찰사 단련판관(團練判官)으로 나갔다가, 839년 좌보궐로 입조한 후, 선부원랑, 비부원외랑이 되었다. 842년 황주자사로 나간 후, 지주자사, 목주자사로 옮겼다. 848년 입조하여 사훈원외랑, 사관수찬(史館修撰), 이부원외랑을 역임하고, 850년 다시 호주자사로 나갔다. 851년 입조하여 고공랑중, 지제고가 되었고, 852년에 중서사인이 되었다.

　두목은 만당의 대시인으로 시는 물론 부와 고문에도 뛰어났으며 그림과 글씨도 잘했다. 이백, 두보, 한유, 유종원의 작품을 추종했으며, 백거이와 원진의 작품은 섬세하고 염려하며 바르지 않다며 배척하였다. 오언고시는 서사와 서정과 의론이 하나로 결합되어 운필이 자유로운 작품을 많이 지었다. 칠언율시와 칠언절구는 긴장된 분위기 속에 종종 유려한 필치가 끼어들고, 호탕한 기세에 섬세한 정운이 깃든 시를 지었다. 시 이외에 「아방궁부」(阿房宮賦)도 널리 전송된 명문이다. 두목의 문집은 그의 조카 배연한(裴延翰)이 편집한 『번천문집』(樊川文集) 이외에, 송대 수집된 『번천외집』과 『번천별집』이 있지만, 다른 시인의 작품도 섞여 있어 주의가 필요하다. 『전당시』에는 8권으로 묶여 있고, 『전당문』에는 9권으로 묶여 있다. 이 밖에 『손자병법』 13편도 전한다.

두보(杜甫)

두보(杜甫, 712~770)는 자(字)가 자미(子美)이다. 원적은 양양(襄陽, 호북성 襄樊市)이나 공현(鞏縣, 하남성 공현)에서 태어났다. 조부는 초당의 유명 시인 두심언(杜審言)이다. 두보는 '시성'(詩聖), 곧 '시의 성인'이라 불린다. 젊은 시절에 10년간(746~755) 장안에서 벼슬을 구하기도 했지만 별다른 소득이 없었고 대신 이백(李白), 고적(高適) 등과 친구가 된 것이 가장 큰 소득이었다. 이후 755년 안사의 난을 만났을 때 숙종(肅宗) 아래에서 좌습유(左拾遺)를 지냈고, 직간을 하다 화주(華州) 사공참군(司功參軍)이 되었다. 759년 벼슬을 버리고 전란과 가난을 피하여 천수(天水)와 동곡(同谷)을 전전하다가 연말에 성도(成都)에 이르러 교외의 완화계(浣花溪) 옆에서 초당을 짓고 살았다. 친구인 엄무(嚴武)가 서천절도사(西川節度使)로 와 있을 때는 공부원외랑(工部員外郎)이 되었다. 765년 가족을 데리고 기주(夔州, 중경시 奉節縣)로 가 2년을 살다가, 다시 삼협을 지나 동정호(洞庭湖) 남쪽으로 흘러가다 배에서 병으로 죽었다. 두보는 장안에서 소릉(少陵) 근처에 살았기에 두소릉(杜少陵)이라 부르기도 하고, 공부원외랑을 한 적이 있기에 두공부(杜工部)라 부르기도 한다.

두보는 중국 고전시가 지닌 모든 가능성을 탐색한 시인으로 이후의 모든 시가 그의 시에 근원을 두었다고 말할 수 있을 정도이다. 스스로 "사람을 놀라게 하는 시를 쓰지 못하면 죽어서도 쉬지 않으리"(語不驚人死不休)라며 평생 시작을 추구했다. 두보의 시세계는 '침울돈좌'(沈鬱頓挫) 넉자로 요약된다. 침울은 정서가 침울하다는 뜻이 아니라 의미가 깊고 빽빽하다는 뜻으로 함의가 풍부하다는 말이다. 돈좌는 구성에 있어 의도적인 변화를 많이 구사하였다는 뜻이다. 이는 달리 말하면 의미가 깊고 구성이 치밀하다는 뜻으로 시를 하나의 예술적인 장르로 완성시켰다. 두보는 평측과 운율에 공을 들여 율시(律詩)를 많이 지었으며, 평측의 불균형을 대구의 불균형으로 해결하는 요체(拗體)에도 능했다. 현존하는 시는 약 1500수로 당대 시인 가운데 백거이 다음으로 많은 시를 남겨놓고 있다. 대표작으로는 「달밤」(月夜), 「춘망」(春望), 「석호의 관리」(石壕吏), 「가을바람에 부서진 띳집」(茅屋爲秋風所破歌), 「손님」(客至) 등이 있다.

두보는 정치현실과 백성의 어려움을 시에 많이 반영하였다. 「수도에서 봉선현으로 가며 쓴 영회시 5백자」(自京赴奉先縣詠懷五百字)에선 "부잣집에선 술과 고기 냄새가 진동하는데, 길바닥엔 얼어 죽은 사람이 있네"(朱門酒肉臭, 路有凍死骨)라며 빈부의 차이를 극명하게 대조시켰다. 「가을바람에 부서진 초가집」에선 비바람에 자신의 초가가 부서졌어도 그는 "어떻게 하면 천만 칸의 집을 지어, 세상의 가난한 선비들이 웃는 얼굴 볼 수 있을까"(安得廣廈千萬間, 大庇天下寒士俱歡顔)라며 세상 사람을 걱정하였다. 조선시대에 두보의 시집을 두 번이나 번역한 이유도 이러한 정신을 읽기 위해서였다. 『두소릉집』(杜少陵集) 25권이 있으며, 후세에 많이 보는 주석본으로는 전겸익(錢謙益)의 『전주두시』(錢注杜詩)와 구조오(仇兆鰲)의 『두시상주』(杜詩詳注)를 꼽는다.

두상(杜常)

두상(杜常, 약 1027~약 1105)은 북송 초기에 활동한 사람으로, 자는 정보(正甫)이고 위주(衛州, 하남성 汲縣) 사람이다. 송 소헌황후(昭憲皇后) 두씨의 족손이다. 절기가 있고 학문을 좋아했으며 귀족 자제로서의 위세를 부리지 않았다. 진사과에 급제하여 하양사법참군이 되었으며 1080년에 제점형옥이 되었다. 이후 병부좌사랑중, 태상소경, 태복태부경, 노부시랑, 공부시랑, 형부시랑, 이부시랑 등을 역임하고, 재주(梓州)지사가 되었다가 1098년에 청주지사가 되었다. 숭녕 연간(1102~1106)에 공부상서가 되었고, 용도각 학사로 하양군(河陽軍)을 이끌었다. 『송사』 권330에 전기가 기록되어 있으며, 『송시기사』(宋詩記事)에 4수가 실려 있다. 그러므로 『전당시』에 실린 시 1편은 잘못 실려 있는 것이다.

두상(竇常)

두상(竇常, 747~825)은 자가 중행(中行)이고 경조(京兆) 금성(金城, 산서성 興平) 사람이다. 두숙향의 큰아들로 형제들과 함께 시명이 높았다. 779년(33세) 진사과에 급제하였으나 곧 부친상을 치렀다. 집안을 위해 염철전운사의 하급관리로 10년을 지냈으며, 나중에 양주 유양(柳楊)에서 은거하였다. 798년 회남절도사 참모가 되었으며, 염철전운종사, 호남관찰판관을 역임하였다. 811년 중앙에 들어가 시어사가 된 이후 수부원외랑이 되었고, 812년에 외직으로 낭주자사로 나간 후 기주(夔州)자사, 강주자사가 되었다. 만년에는 국자좨주를 지낸 후 양주로 돌아가 죽었다.

　　『신당서』에는 『두상집』 18권이 저록되어 있으나 산일되어 전하지 않는다. 두씨 부자와 형제들이 수창한 『두씨연주집』(竇氏聯珠集) 5권은 현재 남아 있다. 그 밖에 대력 연간의 시들을 모은 『남훈집』(南薰集) 3권을 편집하였으나 역시 현전하지 않는다. 현존하는 시는 26수로 『전당시』에 실려 전한다.

두숙향(竇叔向)

두숙향(竇叔向, 약730~약781)은 자가 유직(遺直)이며 경조 금성(金城, 산서성 興平) 사람이다. 그의 아들 두상(竇常), 두모(竇牟), 두군(竇群), 두상(竇庠), 두공(竇鞏)은 모두 시명이 있었다. 766년 과거에 급제했으며, 770년 이후 국자박사, 전운사판관, 강음령(江陰令)을 역임하였다. 777년 상곤(常袞)이 재상이 되면서 좌습유로 발탁되었다가, 779년 율수령(溧水令)으로 좌천되었다. 『신당서』에 『두숙향집』(竇叔向集) 7권이 저록되어 있으나 일실되었고, 현재 시 11수만 전한다.

두순학(杜荀鶴)

두순학(杜荀鶴, 846~904)은 자가 언지(彦之)이며, 지주(池州) 석태(石埭, 안휘 石臺) 사람이다. 구화산에서 은거하였기에 자칭 '구화산인'(九華山人)이라 하였다. 일설에는 두목(杜牧)이 지주자사(池州刺史)로 있을 때 첩 정씨(程氏)가 아이를 가졌는데, 다른 사람에게 재가하여 두순학을 낳았다고 한다. 두순학은 각고하여 시를 지어 일찍부터 시명이 있었다. 그러나 과거에는 급제하지 못하고 절강, 복건, 강서, 호남 등지를 유력하면서 전란의 참상을 목도하였다. 891년(46세) 과거에 급제하였으나 곧 귀향하였다. 선주(宣州)절도사 전군(田頵) 아래 종사(從事)를 지냈으며, 전군이 전투에 패하자 주전충(朱全忠) 아래 들어갔다. 904년 주객원외랑(主客員外郎), 지제고(知制誥), 한림학사(翰林學士)가 되었으나 그해 죽었다.

두순학은 당대 말기 시인으로, 민생의 어려움과 사회 현실을 반영하는 시를 주로 썼다. 그리하여 친구 고운(顧雲)은 "전아하고 청려하면서 간결하고 격렬한 시구는 탐관을 청렴하게 만들고, 간사한 신하를 바르게 하였다"(雅麗淸省激越之句, 能使貪吏廉, 邪臣正)고 평가하였다. 그러나 그의 시에는 자신의 신세를 탄식하는 시와 벼슬을 구하는 간알시도 상당수 있다. 특히 율시에 뛰어났으며, 쉬운 언어로 간결하게 묘사한 것이 특징이다. 현존하는 시는『전당시』에 3권으로 묶여있다.

두심언(杜審言)

두심언(杜審言, 645~708)은 자가 필간(必簡)으로, 공현(邛縣, 하남성 공현) 사람이다. 670년에 신사에 급제한 후 습성위(隰城尉), 낙양승(洛陽丞) 등을 역임하였으며 나중에 길주(吉州)사호참군(司戶參軍)으로 좌천되었다. 무측천이 만나보고는 재주를 높이 쳐 저작랑(著作郎)을 수여하였다. 705년 중종이 즉위하면서 장역지(張易之)에 연루된 탓으로 봉주(峰州)로 폄적되었다. 다음 해 다시 수도로 돌아와 국자감주부(國子監注簿), 수문관직학사(修文館直學士) 등을 역임하였다.

두심언은 젊었을 때 이교, 최융, 소미도 등과 함께 '문장사우'(文章四友)로 불렸으며, '최이소두'(崔李蘇杜)라 불리기도 했다. 만년에는 심전기, 송지문과 이름을 같이 하였다. 이들은 모두 근체시를 정착시킨 인물들이지만, 심전기와 송지문이 정교하고 아름답다면, 두심언은 기백이 크고 새로운 의경을 창조하는 경향이 강해 풍격 면에서는 그들보다 뛰어나다는 평을 받는다. 두보(杜甫)의 조부로, 두보는 "내 조부의 시는 전대(前代)에 제일이다"(吾祖詩冠古)라고 하였다. 원래 문집이 10권 있었다고 저록되어 있지만 현재는『전당시』에 시 43수가 남아있다.

두원영(杜元穎)

두원영(杜元穎, 769~833)은 경조 두릉(杜陵, 서안시) 사람이다. 800년 진사과, 806년 박학굉사과, 816년 무재이등과(茂才異等科)에 각각 급제하였다. 진사과 급제 이전에 벌써 절도부의 징초를 2번 받았으며, 817년 좌습유부터 시작하여 태상박사, 우보궐을 거쳐 820년 중서사인에 올랐다. 821년 재상이 되었으며 823년 검남서천절도사로 출임하였다. 당시 경종(敬宗)이 사치하면서 두원영은 적극적으로 진기한 물건을 색출하고 심지어 군량까지 헐어 상납했기에 백성과 병사들의 원망을 샀다. 829년 성도(成都)가 남조(南詔)의 공격을 받아 크게 피폐해진 이유로 순주사마(循州司馬)로 좌천되었다. 4년 후 폄적지에서 죽었다.

　　이원영은 백거이, 한유와 창화하기도 하였으며, 특히 율시에 뛰어나 백거이가 '시가율수'(詩家律手)라 칭하기도 하였다. 『신당서』에 『오제』(五題) 1권, 『원화변방략』(元和辨謗略) 10권, 『헌종실록』 40권 등이 저록되어 있으나 나중에 모두 산일되어 현전하지 않는다. 현재 남아있는 시문은 『전당시』에 시 1수, 『전당문』에 문장 4편, 『당문습유』에 문장 1편뿐이다. 『신당서』와 『구당서』 본전에 전기가 있다.

두추낭(杜秋娘)

두추낭(杜秋娘)은 윤주(潤州) 사람으로 중당 시기에 활동하였다. 15세 때 진해절도사 이기(李錡)에게 거액으로 팔려 첩이 되었다. 헌종(憲宗)이 절도사의 권한을 감소시키자 이기가 모반하였고, 난리 중에 주멸되자 두추낭은 적몰되어 노비로 입궁하였다. 궁에서도 가무를 하였으므로 헌종의 총애를 받았으며 곧 총비가 되었다. 820년 헌종이 죽고 목종이 즉위하자 황자 이주(李湊)의 보모가 되었다. 황자는 장성하여 장왕(漳王)에 봉해졌다. 두추낭은 황자의 안전을 위해 재상 송신석과 밀모하여 환관들을 제거하려 했으나 실패하고, 오히려 장왕이 폐위되어 서민이 되고 두추낭도 적몰되어 향리로 돌아갔다. 현존하는 자료 가운데 두추낭에 대해선 두목(杜牧)의 「두추낭 시」(杜秋娘詩)가 가장 자세하다.

마대(馬戴)

마대(馬戴, ?~약860)는 자가 우신(虞臣)이며 곡양(曲陽, 강소성 東海) 사람이다. 여러 차례 과거에 응시하였으나 낙제하였으며 화산(華山)에서 기거하면서 장안을 드나들었다. 장안에서 요합(姚合), 가도(賈島), 은요번(殷堯藩), 고비웅(顧非熊) 등과 사귀고 시를 주고받았다. 특히 가도와 가장 친밀하였다. 844년 항사(項斯), 조하(趙嘏) 등과 함께 과거에 급제한 후 이름이 널리 알려졌다. 이후 태원 막부에서 장서기가 되었으나 바른 말을 한 탓에 배척을 받아 850년 낭주(朗州, 호남성) 용양위(龍陽尉)로 폄적되었다. 855년 국자감 박사가 되었으며 현직에서 작고하였다.

마대의 시는 격조가 장려하고 가작이 많은데, 특히 오언율시에 뛰어났다. 응축된 시어 가운데 드넓은 경계를 지닌 것이 특색이다. 북송 엄우(嚴羽)는 『창랑시화』에서 그의 시를 만당 시인 가운데 최고(在晚唐諸人之上)로 쳤으며, 명대 양신(楊愼)도 높이 평가하였다. 『신당서』에는 『마대시』 1권이 저록되어 있으며, 현존하는 시는 『전당시』에 2권으로 묶여져 있다.

만초(萬楚)

만초(萬楚)는 성당 시기에 활동한 시인이다. 일찍이 우이(肝眙, 강소)에서 살았으며, 개원 연간에 진사에 급제하였으나 오랫동안 임용되지 못하였다. 이기(李頎)가 보낸 시에 의하면 만초는 하급 관료를 지낸 후 은거한 것으로 나타난다. 현재 시 8수가 전한다.

맹교(孟郊)

맹교(孟郊, 751~814)는 자가 동야(東野)이고 호주(湖州) 무강(武康, 절강성 무강현) 사람이다. 46세 때인 796년 진사에 급제하였다. 율양위(溧陽尉), 협률랑(協律郎) 등의 직위를 역임하였다. 그는 한유(韓愈), 이고(李翶), 이관(李觀) 등의 칭송을 받았지만, 세속에 영합하지 않고 살아 평생 어렵고 가난하였다. 64세에 산남서도(山南西道)에 임직하러 가다가 도중에 죽었다.

그의 시의 한유(韓愈)의 인정을 받았으며, 후인들이 '한맹'(韓孟)이라 병칭하였다. 송대 소식(蘇軾)은 "맹교는 가난하고 가도는 말랐다"(郊寒島瘦)라 평가하였다. 그는 오언고시(五言古詩)를 많이 지었으며 자신의 빈곤과 사회적 불평등에 대해 분개를 표시하였다. 그 자신이 가난한 출신이었기에 사회적 약자에 대한 이해와 동정을 자연스럽게 표현하기도 했지만, 다른 한편 부귀와 공명을 선망하는 사상도 섞여있다. 그의 시세계는 그다지 넓지 않지만 표현력은 강한 편이다. 진실한 체험과 강렬한 감정을 짧은 형식 속에 응축해 넣어 깊은 인상을 남긴다. 그러나 수식이 거의 없고 음률의 아름다움을 추구하지 않았으며, 또 전체적으로 슬픔과 고난의 정서가 많기에, 읽다보면 시적 재미가 적은 편이다. 원대 원호문(元好問)은 그를 "시의 수인"(詩囚)이라고 표현하였다. 『신당서』에는 『맹교시집』(孟郊詩集)이 10권으로 저록되어 있으며, 현재 400여 수 시가 『맹동야집』(孟東野集)에 전한다.

맹운경(孟雲卿)

맹운경(孟雲卿, 725~약770)은 하남(河南, 지금의 하남성 낙양시) 사람이다. 집이 가난하여 숭양(嵩陽, 하남성 登封市)에서 농사를 지으며 살았다. 20세경부터 원결(元結)과 같은 마을인 하남 노산(魯山)에 살며 친구가 되었고, 758년(34세) 장안과 호성(湖城, 하남성 閬鄉)에서 두보를 만나 시를 주고받았다. 765년(41세)에 진사에 급제하여 교서랑(校書郞)이 되었다. 곧 남해(南海)에 유람하러 갔으며, 형주(荊州)와 양주(揚州) 등지를 떠돌아다녔다.

맹운경은 원결(元結), 두보, 설거(薛據), 위응물(韋應物) 등과 친했다. 그의 시는 생존 당시 원결(元結)의 『협중집』(篋中集)과 고중무(高仲武)의 『중흥간기집』(中興間氣集)에 각각 수록되었다. 그의 시는 주로 도덕의 쇠퇴를 개탄하는 작품이 많으며 시의 소재도 비교적 제한되어 있다. 청대 오교(吳喬)는 "직솔한 병"(直率之病)이 있다고 평하였다. 현재 시 17수가 남아있다.

맹호연(孟浩然)

맹호연(孟浩然, 689~740)은 호북 양양(襄陽, 호북성 양번시) 사람이다. 고향의 녹문산(鹿門山)에서 은거하다가 장안(長安)에 나가 관직을 구하기도 했지만 성사되지 않자 귀향하였다. 또 청년과 중년 때는 몇 번 오월(吳越) 지역을 여행하기도 하였다. 장구령(張九齡)이 형주자사(荊州刺史)로 있을 때 자주 찾아갔고, 740년 왕창령(王昌齡)이 양양(襄陽)에 놀러 갔을 때 함께 생선을 먹으며 술을 마셨는데 이때 등의 종기가 심해져 죽었다. 맹호연은 원래 은거를 지향하지 않았으나 은거할 수밖에 없었던 시인이었다. 비록 장구령(張九齡)과 한조종(韓朝宗)과 친했으나 정식 관직을 추천받진 못하였다. 교류가 많았던 시인으로는 왕유(王維), 이백(李白), 왕창령(王昌齡), 이기(李頎), 저광희(儲光羲) 등이 있고, 그 밖에 은자, 도사, 상인(上人) 등과도 교류가 많았다.

당대에 시인은 대부분 관료였고, 문인들은 기본적인 소양으로 시를 지었는데, 맹호연은 자신의 문학세계를 갖춘 최초의 본격적인 시인으로 등장하였다. 그의 시는 초당시의 응제(應制)와 영물(詠物)의 범위를 넘어, 주로 오언(五言)으로 산수(山水)와 행려(行旅)에 관한 시를 많이 지었다. 맑고 담담한 필치로 개인의 실의와 회포를 읊는 경우가 많았다. 그의 시는 조탁이 없는데도 격조가 높아 많은 사람들의 추앙을 받았다. 이백(李白)은 「맹호연에게 주다」(贈孟浩然)에서 "높은 산을 어찌 우러러 볼 수 있는가, 다만 맑은 향기에 읍례를 할 뿐이네"(高山安可仰, 徒此揖淸芬)라고 하였다. 왕유(王維)는 그의 얼굴을 그려 영주자사(郢州刺史) 관사의 정자에 걸어두었다. 그러나 시의 성취는 정밀하고 완정한 왕유(王維)보다 다소 떨어지며, 소식(蘇軾)이 평한 대로 "운(韻)은 높으나 재학(才學)은 낮다"(韻高而才短)는 측면이 있다. 『구당서』(舊唐書) 권190하(下)와 『신당서』(新唐書) 권203에 전기가 실려 있다.

무원형(武元衡)

무원형(武元衡, 758~815)은 자가 백창(伯蒼)이며, 구씨(緱氏, 하남 偃師) 사람이다. 783년에 과거에 급제한 후, 막부에서 일하였으며 감찰어사가 되었고 화원령(華原令)이 되었다. 당시 경기 지역에 주둔하던 장수들이 자신의 세력에 의지하여 정책에 간여하는 경우가 많았기 때문에 무원형은 자신의 힘으로 개선할 수 없다고 보고 칭병하여 벼슬을 그만두었다. 덕종이 그의 재주를 알아보고 비부원외랑을 수여하였고, 한 해에 세 번 옮겨 좌사랑중(左司郎中)에 오른 후, 804년 어사중승이 되었다. 순종이 즉위하여 왕숙문과 정견이 맞지 않게 되자 우서자(右庶子)가 되었다. 헌종이 즉위하자 다시 어사중승에 올랐고, 호부시랑이 되었다. 807년 문하시랑에 재상이 되었다가 검남서천절도사로 나갔다. 813년 다시 입조하여 재상이 되었다. 당시 회서절도사 오소양이 죽으면서 그의 아들 오원제(吳元濟)가 치청절도사 이사도, 성덕절도사 왕승종과 결탁해 정부에 저항하므로 이들을 토벌하는데 주력하였다. 이 과정에서 815년 이사도가 보낸 자객에게 살해되었다.

무원형은 오언시에 뛰어났으며 특히 어휘의 선택과 수식에 치중하였다. 명대 왕세정은 그의 오언시를 평가하여 '쇠 가운데 쟁강쟁강 소리 나는 것'(鐵中錚錚者)이라 하였다. 『신당서』에는 『무원형집』 10권이 저록되어 있으나 현존하는 시는 『전당시』에 2권으로 묶여있고, 현존하는 문장은 『전당문』에 13편이 남아있다.

무창 기녀(武昌妓) ———————————

무창 기녀(武昌妓)의 성명과 적관은 미상. 만당 시기 위섬(韋蟾, ?~약873)이 악주(鄂州, 호북성 무창시)를 시찰하고 떠날 때 전별연에서 만난 가기이다. 위섬이 내놓은 시구에 무창 기녀가 「위섬의 시구에 이어」(續韋蟾句)를 내놓자 좌중의 관리들이 모두 놀랐다. 위섬은 또 「양류지」를 지어 부르게 하였다. 위섬이 수만 전을 주고 그녀를 첩으로 들였다.

문종황제(文宗皇帝) ———————————

문종(文宗) 이앙(李昂, 809~840)은 농서 성기 사람이다. 820년 강왕(江王)으로 봉해졌으며, 826년 경종이 피살되자 제위에 올랐다. 재위 826~840년. 환관 구사량 등의 통제에 놓여 마음이 편하지 않았다. 835년 이훈, 정주 등과 함께 감로를 본다는 명목으로 환관을 모아 주살하려고 하였으나, 사전에 누설되어 거꾸로 환관들에게 조신들이 희생당하는 감로지변이 일어났다. 840년 죽었다. 이앙은 근검하고 유아(儒雅)하였고, 자주 과거 시험 문제를 내고 그 답안을 음영하곤 하였다. 학사들과 경전의 뜻을 토론하고 고금을 비교하였다. 『구당서』 권17과 『신당서』 권8에 전기가 기록되어 있다. 현재 시 6수가 전한다.

방간(方干) ———————————

방간(方干, 809~886?)은 자가 웅비(雄飛)이며 목주 청계(淸溪, 절강 淳安) 사람이다. 사람됨이 순박하며, 사람을 만나면 세 번 무릎을 꿇고 절하므로 '방삼배'(方三拜)라 불렸다. 얼굴이 못나고 입술이 찢어져 있어 '보순선생'(補脣先生)이라고도 불렸다. 젊어서부터 재주가 있어 서응(徐凝)이 이를 중시하여 시를 가르쳤다. 832년 요합이 금주자사가 되었을 때 방간이 찾아가 시를 바치자 크게 찬상하였다. 대중 연간에 과거를 보았으나 낙제하자 회계에 은거하며 경호에서 낚시하며 지냈다. 정인규(鄭仁規), 이빈(李頻), 진상(陳詳)을 '삼익우'(三益友)라 하였다. 873년 절동관찰사 왕귀임(王龜任)이 방간의 절조를 높이 사 조정에 천거하려 했으나, 왕귀임이 죽으면서 성사되지 못하였다. 그가 죽은 후 문인들이 '현영선생'(玄英先生)이라 하였다.

방간은 율시에 뛰어났으며 880년대에 강남에 시명을 크게 떨쳤다. 이군옥, 오융, 유부(喩凫), 정곡, 나업, 최도융, 조송 등의 시인들과 교왕하였고, 이빈(李頻)과 손합(孫郃)은 그에게서 시를 배웠다. 시는 고음(苦吟)을 중시하였으며, 스스로 "다섯 자 구를 읊조려 만드니, 일생의 마음이 다 드러나는구나"(吟成五字句, 用破一生心)라 하였다. 시풍은 가도와 요합과 유사하다. 방간이 죽은 후 그의 조카와 승려들이 시를 모아 370여 편을 『현영선생시집』 10권으로 편집하였다. 현재에는 『전당시』에 시 6권이 남아있다.

배도(裴度)

배도(裴度, 764~839)는 자가 중립(中立)이며 하동 문희(聞喜, 산서성) 사람이다. 789년 진사과에 급제했으며, 792년 박학굉사과에 급제하여 교서랑이 되었다. 794년 현량방정능직언극간과(賢良方正能直言極諫科)에 급제하여 하음위(河陰尉)로 옮겼다. 811년 이후 사봉원외랑, 사봉랑중, 중서사인, 어사중승 등을 역임하면서 번진의 세력을 억누를 것을 적극 주장하여 헌종의 총신을 받았다. 817년 창의군절도사가 되어 한유, 이정봉, 풍숙 등을 데리고 회서의 반란을 토벌하였으며, 그 공으로 진국공(晉國公)에 봉해졌다. 819년 하동절도사로 나갔다가 822년 입궁하여 사공 겸 문하시랑, 상서우복야를 마치고 산남서도절도사로 나갔다. 826년 사공, 복지정사(復知政事)가 되었다가 830년 산남동도절도사로 나갔다. 834년 동도유수(東都留守)로 있으면서 황보식(皇甫湜)을 종사로 불렀고, 백거이, 유우석 등과 창화하였다. 837년 하동절도사가 되었으며, 839년 중서령이 되고서 곧 죽었다. 배도는 중당 시기의 정치가로 공적이 많으며 문학가로서도 이름이 높다. 『송사』 「예문지」에 저록된 『배도집』(裴度集) 2권, 『신당서』 「예문지」에 저록된 『서의』(書儀) 2권과 『여락집』(汝洛集) 1권은 모두 전하지 않는다. 현재 『전당시』에 시 1권과 『전당문』에 문장 2권이 전한다. 『구당서』와 『신당서』 본전에 전기가 있다.

배우선(裴羽仙)

배우선(裴羽仙)은 당대의 여류 시인으로 현재 시 3수를 남기고 있다. 『재조집』(才調集)에 실린 「변방의 장수」(邊將) 2수의 주석에 "그 남편이 흉노 지역으로 출정하여 가벼이 진군하다가 이록(利鹿)에게 생포되었으며, 이후 소식이 두절되었다"고 하였다. 현재 위의 2수 이외에 「출정나간 남편에게 옷을 부치며」(寄夫征衣)가 남아있다. 현존하는 3수는 모두 변새시로 풍격이 비장하고 침울하다.

배이직(裴夷直)

배이직(裴夷直)은 자가 예경(禮卿)이고, 군망은 하동(河東, 산서성 永濟)이며, 오현(吳縣, 강소성 蘇州) 사람이다. 815년 진사과에 급제하여 우습유가 되었고 이후 이부원외랑에 올랐다. 834년 왕질(王質)이 선흡(宣歙)관찰사로 나갈 때 유분(劉賁), 조석(趙晰) 등과 함께 종사로 징초되어 갔다. 840년 간의대부와 어사중승을 역임하였으나 무종이 즉위하면서 항주자사로 출임하였고 다음 해 환주(驩州) 사호참군으로 폄적되었다. 847년 선종이 즉위 후 강주자사, 병부랑중, 소주자사, 화주자사로 외직과 내직을 번갈아 하였고, 산기상시로 벼슬을 마쳤다. 『신당서』 「예문지」에 『배이직시』(裴夷直詩) 1권이 저록되어 있으며, 원대 신문방(辛文房)의 『당재자전』에서도 시문집 1권이 당시 통행된다(今傳於世)고 하였으나 명대 이후에는 단행본에 대한 기록이 없다. 현재 그의 시 57수는 『전당시』에 1권으로 묶여져 있는데, 절구가 많고 증답시와 행려시가 다수를 차지한다.

백거이(白居易)

백거이(白居易, 772~846)는 자가 낙천(樂天)이며 만년에 호를 향산거사(香山居士)라 하였다. 원적이 태원(太原)으로 신정(新鄭, 하남성 정주시)에서 태어났다. 대여섯 살 때부터 시를 배우기 시작했으며 9세에 운율을 이해했다. 12살에 강남으로 피난 가 살다가 800년(29세)에 진사에 급제하였다. 교서랑(校書郞), 주질위(盩厔尉), 한림학사(翰林學士), 좌습유(左拾遺), 경조부호조참군(京兆府戶曹參軍) 등을 역임했다. 815년 조정의 문제에 대해 상서한 일로 강주사마(江州司馬)로 좌천되었다가 충주자사(忠州刺史)로 옮겼다. 820년(49세) 이후 장안에 다시 들어간 후 관직이 비교적 순탄하여, 중서사인(中書舍人), 항주자사(杭州刺史), 태자좌서자(太子左庶子), 소주자사(蘇州刺史), 비서감(秘書監), 형부시랑(刑部侍郞)을 역임했으며, 만년에는 태자빈객(太子賓客), 하남윤(河南尹), 태자소부(太子少傅), 형부상서(刑部尙書)까지 올랐다.

　　백거이의 현존하는 시는 약 3000수 가까이로 당대 시인들 가운데 가장 많은 시를 남겼다. 그는 시작과 함께 시 이론에 있어서도 두드러졌는데, 대력십재자의 "풍경에 대한 완미"를 뛰어넘어 사회 정치와 일상생활을 소재로 끌어들여 시의 세계를 크게 넓혔다. "문장은 시사와 일치하여 드러나야 하고, 시는 일과 일치하여 지어져야 한다"(文章合爲時而著, 歌詩合爲事而作)는 정신으로 원진과 함께 "신악부"(新樂府)를 제창하였고, 풍유시(諷諭詩)를 비롯하여 「진중음」(秦中吟) 10수와 「신악부」(新樂府) 50수 등을 지었다. 만년에는 당쟁의 소용돌이에서 벗어나 낙양에서 술과 시를 벗 삼으며 불교에 심취하기도 했다. 그는 또 이웃 할머니도 알아들을 수 있게 쉽고 자연스런 언어를 사용하려 하였다. 「장한가」(長恨歌), 「비파행」(琵琶行) 등 장편서사시는 인물을 뚜렷이 부각하고 감정을 곡진하게 묘사하여 선명한 형상을 만들어 내었다. 나아가 일부 '장경체'(長慶體)라고 하는 장편시는 구성이 적절하고 자연스러우며 일부러 꾸민 데가 없다. 그의 통속적인 시풍은 이후 시단에 큰 영향을 미쳤다. 저술이 풍부하며, 주요한 시문은 현재 『백씨장경집』(白氏長慶集) 71권에 전한다. 『구당서』 권106과 『신당서』 권119에 전기가 실려 있다.

법진(法振)

법진(法振)은 성당 말기부터 중당 초기에 활동한 강남의 시승(詩僧)이다. 일찍이 월중(越中), 천장(天長), 단양(丹陽) 등지를 유력하였으며, 장안의 대자은사(大慈恩寺)와 무애사(無碍寺) 등에 주석하였다. 시인 왕창령, 황보염, 한굉, 이익 등과 사귀었다. 『전당시』에 시 16수가 남아있는데 율시 형식의 송별시가 많다.

복양관(濮陽瓘)

복양관(濮陽瓘)은 군망(郡望)이 진류(陳留, 하남성 開封)이다. 대력 연간(766~779)에 영남판관(嶺南判官)과 검교형부원외랑 등을 역임하였다. 일찍이 진사과에 응시하였으며, 그때 쓴 시첩시 1수가 남아있다.

사공도(司空圖)

사공도(司空圖, 837~908)는 자가 표성(表聖)이며 하중(河中) 우향(虞鄕, 산서 永濟) 사람이다. 스스로 호를 지비자(知非子) 또는 내욕거사(耐辱居士)라 하였다. 869년 과거에 급제하여 고시관 왕응(王凝)의 인정을 받았다. 왕응이 877년 선흡관찰사로 나가자 그 막부로 들어갔다. 나중에 재상이 된 노휴(盧携)와도 왕래하여 그의 찬상을 받았다. 노휴가 재상이 되면서 사공도를 예부원외랑으로 불렀고 곧 예부랑중으로 올랐다. 881년 황소가 장안에 입성하자 하중(河中)으로 물러났다. 885년 희종이 성도에서 돌아오자 사공도를 지제고로 불렀고 곧 중서사인이 되었다. 다음 해 희종이 보계로 피난 가자 사공도는 다시 하중으로 물러나 중조산 왕관곡(王官谷)에서 은거하였다. 889년에는 하북이 전란이 심해져 화음(華陰)으로 피난하였다. 그 사이 조정에서는 간의대부, 호부시랑 등으로 불렀으나 모두 칭병으로 고사하였다. 주전충이 칭제하면서 예부상서로 불렀으나 역시 가지 않았다. 당이 망한 다음 해인 908년 당 애제(唐哀帝)가 피살되었다는 말을 듣고 음식을 먹지 않아 죽었다.

사공도는 시문을 잘 했으며, 근체시와 절구를 많이 지었다. 제재는 은일을 노래하거나 사경과 영물이 많아, 난세를 살아가면서도 고아한 시풍을 잃지 않았다. 사공도는 시론에도 일가를 이루어 왕유와 위응물의 징담정치(澄澹精緻)한 시풍을 추숭하며, 시의 운외지치(韻外之致)와 미외지지(味外之旨)를 강조하였고, "맛을 분별한 연후에 시를 말할 수 있다"(辨於味而後可以言詩)고 하였다. 이러한 이론은 송대 엄우의 묘오(妙悟)설과 청대 왕사진의 신운(神韻)설에 일정한 영향을 미쳤다. 사언시로 쓴 시론서 『시품』은 24종의 시의 풍격을 나타내었다. 『신당서』에 『일명집』(一鳴集) 30권이 저록되어 있으나 산일되었다. 현재 남아있는 시는 『전당시』에 3권으로 묶여 있고, 문장은 『전당문』에 4권으로 묶여 있다.

사공서(司空曙)

사공서(司空曙, ?~789)는 자가 문초(文初) 또는 문명(文明)이며 광평(廣平, 하북성 永年) 사람이다. 안사의 난 때 강남으로 피난 갔으며, 대력(大曆) 연간(766~779) 초기에 과거에 급제한 후 우습유(右拾遺)가 되었다. 사공서는 이 시기에 노륜(盧綸), 전기(錢起) 등과 시문을 창화하며 '대력십재자'(大曆十才子)의 한 사람으로 장안에 이름이 높았다. 778년경 강릉부(江陵府) 장림현승(長林縣丞)으로 좌천되었으며 788년 검남서천절도사 위고(韋皋)의 막부에 들어가 검교수부랑중(檢校水部郎中)이 되었다. 다음 해 우부랑중(虞部郎中)이 되었지만 곧 죽었다. 명대 호진형(胡震亨)은 그의 시가 '완아한담'(婉雅閑淡)하다고 평하였다. 현존하는 시는 『전당시』에 2권으로 정리되어 있다.

상건(常建)

상건(常建)은 개원, 천보 연간에 활동한 시인으로, 727년 왕창령(王昌齡)과 함께 과거에 급제하였다. 한때 우이현(盱眙縣)의 현위를 지냈을 뿐 별다른 관직을 갖지 못하였으며, 오래도록 산수 속에 만유(漫遊)하는 생활을 하였다. 나중에는 악저(鄂渚, 호북성 무한시)에서 은거하였다.

상건은 교유한 사람도 그리 많지 않아서인지, 그의 시는 산림과 은일에 대한 정취가 강하다. 때로 유현한 의경으로 사람의 마음을 맑게 한다. 은번(殷璠)은 『하악영령집』(河岳英靈集)의 첫 머리에 그의 시 14수를 뽑고 높은 평가를 내렸다. 고대의 평론가들은 그를 곧잘 왕유, 맹호연, 저광희 등과 병칭하였다. 현재 시 57수가 남아있다.

상리(常理)

상리(常理)는 그가 지은 시 2수가 당대 천보 연간(742~755)에 이강성(李康成)이 편찬한 『옥대후집』(玉臺後集)에 실렸으므로, 천보 연간 이전에 활동한 시인이란 사실을 알 수 있을 뿐 그 밖의 사항은 미상이다.

상비월(常非月)

상비월(常非月)은 천보(天寶) 연간(742~755) 초기에 서하위(西河尉)를 지냈다는 경력 외에는 알려진 게 없다. 당대 예정장(芮挺章)이 편집한 『국수집』(國秀集)에 시 1수가 실려 전한다.

서견(徐堅)

서견(徐堅, 659~729)은 자가 원고(元固)이며, 호주(湖州) 장성(長城, 절강성 長興) 사람이다. 어려서부터 학문을 좋아하여 경전과 역사서를 두루 읽었다. 진사과에 급제한 후 분주참군(汾州參軍), 태자문학(太子文學)을 역임하였다. 701년 『삼교주영』(三敎珠英)을 완성한 공로로 사봉원외랑(司封員外郎)이 되었으며 곧 사봉랑중으로 승진되었다. 중종 아래에서 급사중, 형부시랑, 예부시랑을 역임하였으며 수문관학사를 겸하였다. 예종 아래에서는 태자우서자 겸 숭문관학사가 되었으며, 동해군공(東海郡公)에 봉해졌다. 현종이 즉위한 후에는 비서감, 국자좨주, 우산기상시를 역임하였으며, 현종이 여정서원(麗正書院)을 집현전으로 개명할 때 부지원사(副知院事)가 되었고 광록대부가 추가되었다.
　　서견은 문학과 역사에 두루 박식하였으며, 일찍이 『사기』를 주석하고, 『진서』(晉書)를 편찬하고, 『문선』의 속집을 엮고, 문집 30권이 있었으나 현재 모두 전하지 않는다. 그가 현종의 아들들이 시문을 지을 때 참고하도록 만든 『초학기』(初學記)는 현존한다. 시는 『전당시』에 9수가 전하며, 문장은 『전당문』에 6편 남아있다. 생애와 사적은 『구당서』, 『신당서』, 장구령이 지은 묘비명 등에 기록되어 있다.

서비인(西鄙人)

서비인(西鄙人)은 이름 미상. 서부의 천민이란 뜻이다. 현종 천보 연간에 서부 변방에 살던 토착민이다. 북송 전이(錢易)의 『남부신서』(南部新書)에 "천보 연간에 가서한이 안서절도사가 되어 위세가 천 리에 뻗치자 서비인이 노래 불렀다"며 시 1수를 싣고 있다.

서응(徐凝)

서응(徐凝)은 목주(睦州, 절강성 建德) 사람이다. 원화 연간(806~820)에 장안에 갔으나 이룬 일 없이 돌아왔다. 823년 향시에서 장호(張祜)와 경쟁하였는데 당시 항주자사 백거이가 서응을 추천하였으나 성시에서 급제하지는 못하였다. 나중에 월주(越州)에서 놀다가 관찰사 원진(元稹)을 방문하였으며, 831년 하남윤 백거이를 찾아가기도 하였다. 만년에 고향에서 은거하며 시와 술에 마음을 두었다. 서응은 시에 공을 들였으며, 시견오(施肩吾)와 성조를 연마하였고, 원진과 백거이의 인정을 받았다. 방간(方干)이 그를 좇아 시를 배우기도 하였다. 절구에 뛰어났으며 증답시와 유람시를 많이 지었다. 시는 비교적 평이하고 선명하며 운치가 있으나 때로 거친 면이 나타나기도 한다. 『신당서』에 『서응시』(徐凝詩) 1권이 저록되어 있으나 산일되어 전하지 않는다. 현전하는 작품은 『전당시』에 시 1권이 있으며 『전당시보편』에 3수가 수집되어 있다.

서인(徐夤)

서인(徐夤)은 徐寅이라고도 기록했다. 자는 소몽(昭夢)이며 보전(莆田, 복건성) 사람이다. 894년 진사과에 급제하여 비서성정자가 되었다. 일찍이 대량(大梁)에 간 일이 있는데 이를 바탕으로 「유대량부」(遊大梁賦)를 지어 주전충(朱全忠)에게 헌상하였다. 당시 주전 충과 이극용(李克用)은 원수지간이었고, 또 이극용은 한 눈이 멀었기에, 서인은 주전충 에게 아부하는 뜻으로 "외눈박이 흉노가 영용한 위엄을 멀리서 바라보고는 간담이 서 늘해졌네"(一眼匈奴, 望英威而膽落.)란 구를 넣었다. 나중에 민왕(閩王) 왕심지(王審知)의 장 서기가 되었다. 923년 이극용의 아들이 낙양에 후당(後唐)을 세우고 장종(莊宗)으로 등 극하자 민왕은 축하사절로 서인을 보냈다. 장종은 이전의 일을 풍자하며 왕심지에게 서인을 죽일 것을 요구하였고, 왕심지는 후당이 두려워 서인을 더 이상 임용하지 못했 다. 이에 서인은 물러나 연수계(延壽溪)에 은거하며 살았다. 그의 작품 가운데 「참사검 부」(斬蛇劍賦), 「어수구부」(御水溝賦), 「인생기하부」(人生幾何賦) 등은 특히 인구에 회자되 었으며 멀리 발해국까지 퍼졌다. 저술은 상당히 많으나 현존하는 것은 『서정자시 부』(徐正字詩賦) 2권과 『조기집』(釣磯集) 5권이 있다. 현존하는 작품은 『전당시』에 시 4권, 『전당문』에 문장 1권, 『당문습유』(唐文拾遺)에 부 1권이다. 『오대사보』(五代史補)와 『십국 춘추』(十國春秋)에 전기가 실려있다.

설거(薛據)

설거(薛據, 700~767?)는 하중(河中) 보정(寶鼎, 산서성 영제) 사람이다. 731년(32세) 진사에 급제 한 후 영락현(永樂縣) 주부(主簿)가 되었고 섭현(涉縣) 현령으로 옮겼다. 752년 대리사직 (大理司直)이 되었으며, 이때 두보, 잠삼, 고적, 저광희 등과 자은사탑에 오르며 시를 주 고받았다. 안사의 난 이후 태자사의랑(太子司議郎), 사부원외랑(祠部員外郎), 수부랑중(水 部郎中) 등을 역임하였다. 은번(殷璠)은 "사람됨이 강직하고 기백이 있으며, 그 시문 또 한 그러하다"고 평하였다. 현재 시 13수가 남아있다.

설기동(薛奇童)

설기동(薛奇童, ?~?)은 성당과 중당 시기에 활동한 문인이다. 자가 영유(靈孺)이며 포주 분음(汾陰, 산서 萬榮) 사람이다. 설원초(薛元超)의 손자이다. 천보 연간 초기에 대리사직을 지냈으며, 숙종 때 자주(慈州)자사가 되었다. 당대 예정장(芮挺章)이 편집한 『국수집』(國秀集)에 시 3수가 실려 있으며, 현재는 이를 포함하여 모두 7수의 시가 전한다.

설도(薛濤)

설도(薛濤, 770?~832?)는 자가 홍도(洪度)이며 장안 사람이다. 어려서 부친을 따라 촉 지방에 가서 그곳에서 살았다. 총명하고 시에 능하였으며 음률에도 정통하여 서천에서 이름을 떨쳤다. 785년 위고(韋皐)가 서천절도사로 가면서 설도를 불러 악적(樂籍)에 올렸다. 789년 일에 연좌되어 송주로 갔으나 시를 진헌하여 풀려났고 악적에도 벗어나 완화계에서 살았다. 808년 무원형(武元衡)이 서천절도사가 되면서 교서랑으로 상주했으나 전례가 없어 이루어지지 않았다. 그러나 이 일로 당시 설도를 '여교서'라 불렀다. 만년에 벽계방(碧鷄坊)에서 지냈다.

설도는 시에 뛰어났으며 문인들과 교왕이 많았다. 역대로 서천절도사였던 위고, 고숭문(高崇文), 무원형, 왕파(王播), 단문창(段文昌), 이덕유 등에게 시를 진헌했으며, 시인 원진, 백거이, 왕건 등과 창화하였다. 양신(楊愼)은 그녀의 풍유 정신을 높이 평가했으며, 호진형과 종성은 절구를 칭찬하였다. 또 진홍색의 편지지를 만들어 쓴 데서 '설도전'(薛濤箋)으로 전해온다. 『군재독서지』에는 『금강집』(錦江集) 5권이 저록되어 있으나, 현재는 『설도시』 1권이 전해진다. 『전당시』에는 시가 1권으로 묶여있다.

설봉(薛逢)

설봉(薛逢, 806?~875?)은 자가 도신(陶臣)이며, 포주(蒲州) 하동(河東, 산서 永濟) 사람이다. 841년 과거에 급제하여 비서성 교서랑이 되었다. 하중절도사 최현(崔鉉) 아래에서 종사로 있었다가, 최현이 849년 재상이 되면서 만년위(萬年尉)로 발탁되었다. 이후 시어사, 상서랑을 역임하고 파주자사로 나갔다. 860년 서천절도사 두종(杜悰) 아래 종사가 되었다가 성도소윤이 되었으며, 가주자사, 면주자사를 거쳐 866년 태상소경이 되었다. 이후 급사중을 거쳐 비서감으로 관직을 마쳤다. 설봉은 칠언율시에 뛰어났으며, 장편시는 백거이를 배웠으나 칠언율시보다 못하다는 평을 받았다. 『신당서』에 『설봉시집』 10권이 저록되어 있으나, 현재에는 『전당시』에 시 1권이 남아있고, 그 밖에 문장 13편과 부 2편이 있다.

설원(薛媛)

설원(薛媛, 850년경 활동)은 호량(濠梁, 하남 開封) 사람으로 남초재(南楚材)의 처이다. 함통 연간(860~874) 이전에 활동하였다. 서화를 잘하였고 시문에 뛰어났다. 남초재가 객지에 나가 오랫동안 돌아오지 않다가 영주에 머물게 되었는데, 영주자사(穎州刺史)가 딸을 남초재에게 시집보내려 하였다. 이를 들은 설원이 거울을 보며 자화상을 그리고 여기에 시를 붙여 남편에게 보냈다. 이를 받아 든 남초재는 크게 잘못을 뉘우치고 돌아와 부부가 해로하였다고 한다. 현재 이와 관련된 시 1편이 남아있다.

설직(薛稷)

설직(薛稷, 649~713)은 자가 사통(嗣通)이며, 포주(蒲州) 분음(汾陰, 산서성 萬榮) 사람이다. 수대 설도형(薛道衡)의 증손자이자, 당 태종의 십팔학사 가운데 한 사람인 설수(薛收)의 손자이고, 위징(魏徵)의 외조카이다. 진사에 급제한 후 예부낭중(禮部郎中), 중서사인(中書舍人) 등을 역임했으며, 중종 때 간의대부(諫議大夫), 소문관학사(昭文館學士)를 역임했다. 예종 때에는 진국공(晉國公)에 봉해졌다. 이후 공부상서(工部尙書), 예부상서(禮部尙書), 태자소보(太子少保) 등을 역임하였다. 세칭 설소보(薛少保)라 부른다. 713년 태평공주(太平公主)의 난 때 두회정(竇懷貞)이 모반하는 걸 알면서도 보고하지 않은 죄로 옥에서 죽었다.

    설직은 다재다능하여 서예와 그림에도 뛰어났다. 장열(張說)은 설직의 문장이 "좋은 금이나 고운 옥과 같아 쓰는 것마다 좋지 않은 게 없다"(如良金美玉, 無施不可)고 평하였다. 『구당서』 권73과 『신당서』 권98에 전기가 실려있다. 『신당서』에는 그의 문집 30권이 저록되어 있으나 현재 전하지 않고, 시 14수가 『전당시』 권73에 실려 있다.

섭이중(聶夷中)

섭이중(聶夷中, 약837~약887)은 자가 탄지(坦之)이며, 하남 중도(中都, 하남성 沁陽) 사람이다. 가난한 집안 출신으로 여러 가지 어려움을 겪었다. 871년 과거에 급제했으나 당시 사회 혼란과 각지의 전란으로 보직이 없이 오래도록 장안에 머물다가 화음위(華陰尉)가 되었다. 이후 별다른 관직 없이 생애를 마쳤다. 섭이중은 오언고시에 뛰어났으며 백성의 고통을 공감하는 내용이 많았다. 그의 시는 쉬운 말로 깊은 뜻을 나타내었으며, 시풍은 질박하다. 호진형(胡震亨)은 그의 시가 "특히 교화와 관련된다"(尤關敎化)고 하여 현실파의 전통을 잇고 있음을 지적하였다. 『신당서』에는 『섭이중시』(聶夷中詩) 2권이 저록되어 있으나, 현재 『전당시서』에 1권으로 남아있다. 『신당서』 권196에 전기가 실려 있다.

소미도(蘇味道)

소미도(蘇味道, 648~705)는 조주(趙州) 난성(欒城, 하북성 欒城) 사람이다. 어렸을 때부터 문장으로 이름이 났다. 20세가 되기 전에 진사에 급제한 후, 무제 때 재상에 이르렀다. 일을 결정하는데 있어 결단성이 없어, 당시 사람들이 모서리가 닳아져 어느 쪽으로도 변통

될 수 있다는 뜻의 '소모릉'(蘇摸稜)이라 불렸다. 음력 삼월에 내리는 눈을 '서설'(瑞雪)이라 한 것으로 보아 아첨에 능했던 것으로 보인다. 장역지(張易之)에 아부하였던 관계로 중종 때 미주자사(郿州刺史)로 폄적되어 그곳에서 죽었다. 『구당서』권94와 『신당서』권114에 전기가 실려 있다. 현재 『전당시』(全唐詩) 권65에 시 16수가 남아있다.

소정(蘇頲)

소정(蘇頲, 670~727)은 자가 연석(延碩)이며, 경조(京兆) 무공(武功, 섬서성 武功縣) 사람이다. 재상을 지낸 소괴(蘇瓌)의 아들. 20세 때 과거에 급제하여 오정위(烏程尉)가 되었다. 이후 감찰어사(監察御史), 고공원외랑(考功員外郎), 고공랑중(考功郎中)을 역임하였으며, 707년 급사중(給事中) 겸 수문관학사(修文館學士), 태상소경(太常少卿)이 되었다. 현종이 즉위한 후에도 관직이 순탄하여 공부시랑(工部侍郎), 중서시랑(中書侍郎), 예부상서(禮部尚書), 익주장사(益州長史)를 지냈다. 소정은 초당 후기 장열(張說)과 함께 고관으로 정부의 주요 문서를 작성한 '대수필'(大手筆)로 이름 높았다. 시는 주로 응제시가 많다. 『신당서』에는 문집이 30권 있다고 저록되어 있으나 산일되었고, 현재 남아 있는 시문은 각각 『전당시』2권과 『전당문』9권으로 묶여있다. 전기는 『구당서』권88과 『신당서』권125에 실려 있다.

손적(孫逖)

손적(孫逖, 696~761)은 노주(潞州) 섭현(涉縣, 산서성) 사람으로, 어려서 공현(鞏縣, 하남성)에 살았다. 714년 철인기사과(哲人奇士科)에 급제하여 산음위(山陰尉)가 되었고, 722년 문조굉려과(文藻宏麗科)에 급제하여 좌습유(左拾遺)가 되었다. 장열이 그 재주를 중시하여 좌보궐(左補闕)로 승진시켰고, 이후 외직을 맡았다. 730년에 집현전 학사가 되었으며, 고공원외랑(考功員外郎), 지공거(知貢擧)가 되어 안진경(顏眞卿), 이화(李華), 소영사(蕭穎士) 등을 발탁하였다. 736년 이후 중서사인(中書舍人), 형부시랑(刑部侍郎), 태자좌서자(太子左庶子), 태자첨사(太子詹事) 등을 역임하였다. 8년간 제고(制誥)를 담당하여 그 이름이 높았으며, 고체시와 근체시에도 모두 뛰어났다. 전기는 『구당서』권190과 『신당서』권202에 실려 있다. 원래 문집이 20권 있었으나 일찍 산일되었고, 현재 시는 『전당시』에 1권으로, 문장은 『전당문』에 8권으로 엮어져 있다.

송경(宋璟)

송경(宋璟, 663~737)은 광평(廣平, 하북성 鷄澤) 사람으로 약관에 과거에 급제하였다. 전중시어사(殿中侍御史), 천관원외랑(天官員外郎), 봉각사인(鳳閣舍人), 어사중승(御史中丞) 등을 역임하였으며, 705년 이후 이부시랑(吏部侍郎), 항주자사(杭州刺史), 상주자사(相州刺史),

낙주장사(洛州長史) 등을 지냈다. 710년 예종 즉위 후 이부상서(吏部尚書), 국자좨주(國子祭酒) 등을 지냈고, 현종 즉위 후 경조윤(京兆尹), 어사대부(御使大夫)를 역임하였으나 일에 연좌되어 목주자사(睦州刺史), 광주도독(廣州都督) 등 외직을 맡기도 했다. 716년 형부상서(刑部尚書)를 거쳐 이부상서(吏部尚書)로 재상이 되었다. 720년 광평군공(廣平郡公)에 봉해져 '송광평'(宋廣平)이라 불렸다. 당대 현상(賢相) 가운데 한 사람으로 치적이 많다. 『신당서』에 문집 10권이 있다고 저록되어 있으나 후대에 망일되었다. 현존하는 작품은 시 6수가 『전당시』에, 문장 18편이 『전당문』에 실려 있다. 생애와 사적은 『구당서』, 『신당서』, 안진경이 지은 묘비명 등에 기록되어 있다.

송약헌(宋若憲)

송약헌(宋若憲, ?~835)은 패주(貝州) 청양(淸陽, 하북 淸河) 사람이다. 부친 송정분(宋廷棻)은 초당 시인 송지문의 후예로 일남 오녀를 두었는데, 아들은 우둔했으나 딸들은 모두 모두 총명하고 시문을 잘하였다. 이들은 송약신(宋若莘), 송약소(宋若昭), 송약륜(宋若倫), 송약헌(宋若憲), 송약순(宋若荀) 등으로 송약헌은 다섯 자매 가운데 넷째였다. 788년 소의절도사(昭義節度使) 이포진(李抱眞)이 추천하자 덕종(德宗)이 모두 입궁시켜 시부와 경사로 시험하였다. 다섯 자매가 지으면 덕종과 군신이 창화하고, 다시 다섯 자매에게 응제(應製)하도록 하였다. 이들의 작품들이 모두 뛰어나 찬탄을 자아내었으며, 궁중에서 '오송'(五宋)이라 하였고, 자매들을 '여학사'(女學士)라 불렀다. 자매 가운데 송약신은 820년 궁중의 문서와 주장을 관리하고 상궁(尙宮)이 되었으며, 헌종, 목종, 경종이 모두 '선생'이라 부르고, 육궁의 비빈, 왕자, 공주, 부마들이 모두 가르침을 받았으며 양국부인(梁國夫人)에 봉해지기도 하였다. 자매들이 죽은 후 송약헌만이 남자 문종(文宗)이 더욱 중시하였다. 835년 감로지변(甘露之變)의 초기 상황일 때, 이훈(李訓)과 정주(鄭注) 등이 재상 이종민(李宗閔)을 무고하면서 그가 이부시랑 때 부마도위 심씨(沈氏), 여학사 송약헌, 환관 양승화(楊承和)와 결탁하여 재상이 되었다고 고발하였다. 이에 송약헌은 유폐되었다가 사약을 받게 되었다. 현존하는 시는 2수이다. 『구당서』 권52와 『신당서』 권77에 전기가 실려 있다.

송지문(宋之問)

송지문(宋之問, 656?~712?)은 일명 소련(少連)이며 자는 연청(延淸)이다. 분주(汾州, 山西省 汾陽縣) 사람이다. 675년 심전기와 함께 진사에 급제했으며, 무측천 때 상방감승(尙方監丞), 좌봉신내공봉(左奉宸內供奉)에 이르렀고, 705년 심전기와 함께 장역지 사건에 연루되어 용주(瀧州, 廣東省 羅定縣 동쪽) 참군(參軍)으로 폄적된 후, 다시 사면 받아 수문관(修文館) 직학사(直學士), 고공원외랑(考功員外郞)이 되었다. 709년 수뢰죄로 월주(越州, 절강성 紹興縣) 장사(長史)로 좌천되었고, 흠주(欽州, 廣東省 欽縣 북쪽)로 옮겨졌다가 현종 초기에 자결이 내려졌다.

송지문과 관련한 유명한 이야기 몇 가지는 메모해둘 만하다. ① 무측천이 낙양의 남쪽 교외에 있는 용문(龍門)에 유람할 때 군신에게 시를 짓게 했는데 먼저 짓는 사람에게 비단 옷을 내린다고 하였다. 좌사(左史) 동방규(東方虯)가 먼저 지었기에 비단 옷을 내렸다. 동방규가 아직 앉기도 전에 송지문이 시를 지어 올려서 살펴보니 문채(文采)와 결이 모두 아름다워 칭찬하지 않는 사람이 없는지라 동방규의 비단옷을 빼앗아 송지문에게 주었다.(『隋唐嘉話』권下) 여기에서 '시를 지어 비단 도포를 얻다'는 뜻의 '시성득포'(詩成得袍)와 '비단 도포 뺏기'라는 뜻의 '탈금포'(奪錦袍)라는 성어가 만들어졌다. ② 709년 정월 인일(人日)에 중종(中宗)이 곤명지(昆明池)에서 시를 지을 때 군신이 백여 편의 시로 응제하였다. 상관완아(上官婉兒)가 평하기를 심전기 시의 말련이 "언어의 기운이 이미 시들었다"(詞氣已竭)고 한데 반해 송지문의 시는 "기운차게 내딛는다"(猶陟健擧)라며 첫 번째로 뽑았다.(『唐詩紀事』권3) ③ 유희이(劉希夷)의 시에 "年年歲歲花相似, 歲歲年年人不同"(해마다 년마다 꽃은 비슷하지만, 년마다 해마다 사람은 같지 않아라)이란 명구가 있는데 그 삼촌인 송지문은 아직 사람들에게 알려지지 않은 이 두 구를 자기에게 달라고 하였다. 유희이가 주지 않자 화가 난 송지문은 흙주머니로 눌러 죽였다.(『唐語林』권5, 『大唐新語』권8)

송지문는 심전기와 병칭되며, 특히 오언율시에 뛰어났고 작품도 많이 남겼다. 호응린(胡應麟)은 그를 오언배율(五言排律)에 있어 초당의 으뜸이라고 개괄하였다. 그는 궁정시인으로 공정하고 엄밀한 신체시를 제작하였지만 두 번의 폄적을 통하여 생활의 실감을 표현하기도 하였다.

시견오(施肩吾)

시견오(施肩吾)는 중당 시기에 활동한 시인이다. 자가 희성(希聖)이고, 육주(陸州) 분수(分水, 절강 桐廬) 사람이다. 호는 서진자(棲眞子) 또는 화양진인(華陽眞人)이라 하였다. 오흥(吳興)과 상주(常州)에서 살았으며, 일찍이 사명산(四明山)에서 신선술을 배웠다. 820년 진사과에 급제하였으나, 스스로 사회적 배경이 없음을 알고 벼슬의 험난함이 두려워 장안을 떠나 귀향하였다. 홍주(洪州) 서산을 도가 12진군(眞君)이 신선이 된 곳으로 여기고 그들의 풍모를 흠모하여 그곳에서 노년을 보냈다. 그의 시는 일찍부터 널리 퍼졌으며 「백운 산거」(百韻山居)는 재기와 정서가 풍부해 당시 널리 알려졌다. 「도이행」(島夷行)은 섬의 생활을 제재로 한 독특한 시이다. 비록 도술을 연마하는데 심취하였지만 성색을 좋아하고 언어가 향염(香艷)스럽다. 『신당서』에 『시견오시집』 10권과 『변의론』(辨疑論) 1권이 저록되어 있지만 산일되고 현전하지 않는다. 송대 이후 도가의 서적들이 그의 이름으로 저록되어 있는 경우가 더러 있는데 후인의 위탁으로 본다. 현재 『전당시』에 시 1권이 전한다.

심빈(沈彬)

심빈(沈彬, 864?~961)은 자는 자문(子文)이고 고안(高安, 강서성) 사람이다. 어려서부터 고아로 자랐으나 학문을 좋아하고 신선술도 좋아하였다. 당대 말기에 과거 시험을 보았으나 급제하지 못하였다. 전란으로 어지럽자 호상(湖湘)을 유력하다가 운양산(雲陽山)에 은거하였다. 나중에 귀향하였다가 다시 명산을 찾아다니며 신선의 도를 공부하였다. 남당(南唐)의 이승(李昇)이 그를 흠모하여 비서랑으로 불렀고, 동궁에 들어가 세자를 보필하였다. 벼슬은 이부랑중에 이르렀다. 벼슬을 그만 두고 귀향하자 고향의 사인들이 음식과 옷을 제공하였다. 961년 중주 이경(李璟)이 남창으로 천도하자 심빈이 찾아갔다. 중주가 심빈을 예우하였으며 그의 아들에게 비서성정자를 수여하였다. 심빈은 이해에 죽었다. 심빈은 일찍부터 시명이 높았으며, 시승 허중(虛中), 제기, 관휴 등과 사귀었고, 시인 위장(韋莊), 두광정(杜光庭) 등과 창화하였다. 송대 육유(陸游)는 그의 시가 "구법이 맑고 아름답다"(句法淸美)고 평하였다. 『송사』에 『한거집』(閑居集) 10권이 저록되어 있지만 이미 산일되었고, 현재 시 28수와 잔구들이 『전당시』와 『전당시보편』 등에 전한다.

심아지(沈亞之)

심아지(沈亞之, 781~832)는 자가 하현(下賢)이며, 오흥(吳興, 절강성 湖州) 사람이다. 젊어서 한유의 문하에 들어가 이하(李賀)와 사귀었고, 나중에 두목(杜牧), 장호(張祜), 서응(徐凝) 등과도 친했다. 815년 진사과에 급제한 후 경원(涇原)절도사 이휘(李彙)의 징초를 받아 장서기로 들어갔다. 얼마 후 비서성정자가 되었다가, 821년에 현량방정능직언극간과(賢良方正能直言極諫科)에 급제하여 역양위(櫟陽尉)가 되었다. 824년 복주단련부사(福州團練副使)로 나갔다가 다시 입조하여 전중시어사에 올랐다. 829년 덕주행영사 백기(柏耆)의 판관이 되었으나, 백기가 좌천되면서 심아지도 건주(虔州) 남강위(南康尉)로 좌천되었다. 831년 영주(郢州) 사호참군으로 옮겼다가 그곳에서 죽었다.

심아지는 한유의 문하에서 이하, 가도(賈島) 등과 사귀면서 풍골은 약하지만 신기한 시어와 아름다운 이미지로 이하의 시풍에 가까운 시를 썼다. 이하는 「심아지를 보내는 노래」(送沈亞之歌)에서 '오흥재인'(吳興才人)이라 칭하였다. 이상은(李商隱)이 「심아지 시를 모의하여」(擬沈下賢)란 시를 남긴 데서 알 수 있듯 후배들에게 일정한 영향을 미쳤다. 심아지는 소설에도 뛰어나 현재 「이몽록」(異夢錄), 「진몽기」(秦夢記), 「상중원해」(湘中怨解) 등 3편의 전기(傳奇) 소설을 남기고 있다. 『신당서』 「예문지」에 『심아지집』(沈亞之集) 9권이 저록되어 있으며, 현전하는 것은 송본 『심하현문집』(沈下賢文集) 12권이다. 시는 『전당시』에 27수 모아져 있고, 문장은 『전당문』에 5권으로 묶어져 있다.

심여균(沈如筠)

심여균(沈如筠)은 초당 말기부터 성당 시기에 활동한 시인이다. 구용(句容, 강소성) 사람이다. 시문에 능했으며 유명한 도사 사마승정(司馬承禎)과 친하였다. 709년 『정성집』(正聲集)에 시 300수가 있어 노장용(盧藏用)이 곧잘 읊조렸다. 736년경 횡양현(橫陽縣) 주부를 지냈다. 은번(殷璠)이 단양 지역 18명의 시를 모은 『단양집』(丹陽集)에 포함되었다. 그 밖에 지괴소설도 썼는데, 『신당서』에 『이물지』(異物志) 3권과 『고이기』(古異記) 1권이 저록되어 있으나 현재 전하지 않는다. 현재 시 4수가 전한다.

심전기(沈佺期)

심전기(沈佺期, 656?~716?)는 자가 운경(雲卿)으로, 상주(相州) 내황(內黃, 지금의 河南省 內黃) 사람이다. 20세 때인 675년 송지문(宋之問), 유희이(劉希夷) 등과 함께 진사과에 급제하였다. 무측천(武則天)과 고종(高宗) 아래에서 고공원외랑(功員外郎), 급사중(給事中)까지 벼슬이 올랐다. 705년 장역지(張易之) 사건에 연루되어 환주(驩州, 지금의 월남)에 유배되었고, 사면을 받은 후 수문관학사(修文館學士), 중서사인(中書舍人)을 역임했으며 현종(玄宗) 초기에는 태자첨사(太子詹事)를 역임했다.

심전기는 송지문과 함께 궁정에서 응제시를 많이 지었으며 또 시풍도 비슷하고 시율에 대해서도 공을 들여 근체시(近體詩)의 체제를 완성하였으므로 '심송'(沈宋)으로 많이 알려졌다. 원진(元稹)은 심전기의 묘지명에서 다음과 같이 말했다. "심송(沈宋)의 유파는 단련과 정확에 힘써 성세(聲勢)가 온순(穩順)해졌는데, 이를 율시(律詩)라 하였다. 그리하여 이후 문체의 변화는 극에 이르렀다."(沈宋之流, 研練精切, 穩順聲勢, 謂之爲律詩. 由是而后, 文體之變極焉.) 송지문이 오율(五律)에 뛰어났다면, 심전기는 칠율(七律)을 잘 하였다. 칠율은 현존하는 초당 시인 가운데만 두고 보면 심전기가 16수로 가장 많다. 명대 호응린(胡應麟)은 "초당(初唐) 칠율(七律)의 으뜸"이라 하였다.(『詩藪·內篇』) 심전기와 송지문은 궁정시인으로 활동했기에 화미(華靡)한 제량시(齊梁詩)의 풍격을 가지고 있었지만 심전기가 좀 더 심하였다. 그러나 두 시인의 전체 시를 두고 본다면 수량과 내용에 있어 송지문의 성취가 좀 더 뛰어난 편이다. 중종 때 곤명지에서 군신들이 응제시를 지을 때 상관완아(上官婉兒)가 심전기의 시가 송지문보다 못하다는 평을 내린 일화가 유명하다. 전기는 『구당서』 권190과 『신당서』 권202에 실려 있다. 원래 문집이 10권으로 저록되어 있으나 현존하는 시는 『전당시』에 3권으로 남아있다.

심천운(沈千運)

심천운(沈千運, 약 701~약 757)은 오흥(吳興, 지금의 절강성 湖州) 사람이다. 어려서 가난하여 여북(汝北)에서 살았다. 과거에 수차 응시하였으나 급제하지 못하고 쉰 살이 되도록 관직이 없었다. 시의 격조가 높고 예스러워 문인들이 모두 경모하여 '일인'(逸人) 또는 '산인'(山人)이라 불렸다. 원결(元結), 고적(高適), 장적(張籍) 등과 친하여 시를 주고받았다. 원결이 760년에 편찬한 『협중집』(篋中集)에 그의 시 4수를 제일 앞에 두고 높이 평가하였다. 현재 시 5수가 전한다.

안읍방 여자(安邑坊女子)

안읍방 여자(安邑坊女子)는 장안 안읍방에서 진사 장하(臧夏)에게 자신의 한을 시로 들려준 귀신이다. 시와 그 내용은 『태평광기』 권346에서 인용한 『하동기』(河東記)가 출전이다.

양거원(楊巨源)

양거원(楊巨源, 755~약 833)은 자가 경산(景山)으로 하중(河中, 산서성 永濟) 사람이다. 789년 진사에 급제하였으며 811년 감찰어사로 하중절도사 장홍정(張弘靖)의 종사가 되었다. 814년 조정에 들어가 비서랑이 된 이후 태상박사(太常博士), 우부원외랑(虞部員外郎), 봉상소윤(鳳翔少尹)을 역임하였고, 821년 국자사업(國子司業)이 되었다. 824년 70세가 되어 퇴은하려 했지만 재상이 그 재주를 아껴 하중소윤(河中少尹) 직에 임명하였다.

　　양거원은 교우 범위가 넓어 당시 주요한 시인들과 거의 모두 창화하였다. 백거이는 그를 추숭하였으며 장적(張籍)도 "예전에 시명이 장안을 진동하고"(詩名往日動長安)라 했다. 명대 말기 왕부지(王夫之)는 "칠언시는 평담하고 심원하며 또 깊고 섬세하여, 중당의 제일 고수이다"(七言平遠深細, 是中唐第一高手)고 평하였다. 그가 지은 「최낭」(崔娘詩)은 원진(元稹)의 「앵앵전」(鶯鶯傳)에 채용되어 잘 알려졌다. 유작은 현재 『전당시』에 1권으로 정리되어 있다.

양사악(羊士諤)

양사악(羊士諤, 762~822?)은 자가 간경(諫卿)이며 태산(泰山, 산동성 泰安) 사람이다. 785년 진사과에 급제했으며, 상주 의흥현위(義興縣尉)로 관직을 시작하였다. 의흥주부(義興主簿)를 거쳐 절동관찰사 좌위병위조참군, 선흡관찰사 순관을 역임하였다. 805년 입경하여 왕숙문을 비판한 탓으로 정주(汀州) 영화현위(寧化縣尉)로 좌천되었다가, 염제미(閻濟美)의 추천으로 복건관찰사 대리평사가 되었다. 806년 다시 상경하여 감찰어사가 되었고 곧 시어사로 승진했다. 그러나 2년 후에 상관이었던 두군(竇群)이 재상 이길보(李吉甫)와 모의한 탓에 이에 연좌되어 자주자사(資州刺史)로 좌천되었고 임지에 닿기 전에 파주자사로 다시 좌천되었다. 이후 목주자사로 옮겼고, 819년 입경하여 호부랑중이 되었다가 얼마가지 않아 죽었다. 양사악은 시와 문장에 모두 뛰어났으며, 현재 『전당시』에 시 1권이 전해진다.

양응(楊凝) ————————————————

양응(楊凝, ?~803)은 농(農, 하남 靈寶) 사람이나, 안사의 난 때 소주(蘇州)로 이사하였다. 778년 진사과에 장원으로 급제하여 교서랑이 되었다. 784년 산남동도절도 장서기가 되었고, 787년 형남절도판관이 되었다. 이후 입경하여 기거랑, 사봉원외랑, 우사랑중을 역임하였다. 798년 박주자사(亳州刺史)로 갔다가 다음 해 변주(汴州)에 군란이 일어나자 장안으로 들어가 한거하였다. 802년 병부랑중이 되었고 다음 해 죽었다. 양응은 유진(柳鎭, 유종원의 부친)과 친하였으며, 딸을 유종원에게 시집보냈다. 젊어서 형 양빙(楊憑), 동생 양릉(楊凌)과 함께 이름이 나 '삼양'(三楊)이라 불리었다. 『신당서』에 『양응집』 20권이 저록되어 있지만 이미 산일되었고, 현재 『전당시』에 시 1권이 전한다.

양헌(梁獻) ————————————————

생졸년과 적관 등 미상. 712년 창부원외랑(倉部員外郎)으로 있었으며 시부를 잘하였다는 기록만 단편적으로 남아 있다. 『전당시』(全唐詩)에 시 1편이 실린 이외에, 『전당문』(全唐文)에 부(賦) 2편이 실려 있다.

양현(梁鉉) ————————————————

양현(梁鉉)은 함통(咸通) 연간(860~874)에 진사과에 응시했다는 기록 외에는 알려진 바가 없다. 현재 시 1수가 남아있다.

양형(楊炯) ————————————————

양형(楊炯, 650~694)은 화음(華陰, 지금의 陝西省 華陰縣) 사람이다. '초당사걸' 가운데 하나. 10세 때 신동과(神童科)에 응시하여 홍문관(弘文館) 대제(待制)가 되었다가, 27세 때 과거에 급제하여 교서랑(校書郎), 다음 해 숭문관(崇文館) 학사(學士)가 되었다. 37세에 재주(梓州) 사법참군(司法參軍)이 되어 2년 정도 사천에 머물었다. 44세에 영천령(盈川令)이 되었고 다음 해쯤 현직에서 죽었다.
　　'초당사걸' 가운데 양형은 왕발과 함께 젊은 연배에 속하며, 당시 유행한 '왕발, 양형, 노조린, 낙빈왕'(王楊盧駱)이란 순서에 대해 스스로 "노조린 앞에 있음이 부끄럽지만 왕발 뒤에 있음이 수치스럽다"(吾愧在盧前, 恥居王後)고 했지만, 사걸 중 문학적 성취가 가장 낮은 편이다. 그가 쓴 「왕발집 서문」(王勃集序)에서 용삭(龍朔) 연간의 '상관체'(上官體)의 범람과 이에 대한 사걸의 비판을 상세히 언급하였다. 그의 시 가운데는 「종군의 노래」(從軍行), 「출새」(出塞), 「성남의 전투」(戰城南), 「자류마」(紫騮馬) 등 변새시에 뛰어난 작품이 많다. 원래 문집이 30권 있다고 저록되어 있지만 후대에 일부 산일되어, 명대 동

패(童珮)가 『영천집』(盈川集) 10권으로 정리하였다. 현존하는 시는 『전당시』에 1권으로 묶여있다.

엄무(嚴武)

엄무(嚴武, 726~765)는 자가 계응(季鷹)이며 화주 화음(華陰) 사람이다. 중서령 엄정지(嚴挺之)의 아들로 젊어서 문음(門蔭)으로 태원부 참군이 되었다. 747년 농우절도부대사 가서한의 추천으로 판관(判官)이 되었고, 곧 시어사(侍御史)를 역임했다. 안사의 난이 일어나자 현종을 따라 성도에 가 간의대부(諫議大夫)가 되었다. 나중에 영무(靈武)로 가서 방관(房琯)의 추천으로 급사중(給事中)이 되었다. 757년 장안 수복 후 경조소윤(京兆少尹)이 되었고, 758년 6월 방관의 일에 연좌되어 파주자사(巴州刺史)로 폄적되었다. 760년 면주자사(綿州刺史)에 이어 검남동천절도사가 되었고, 761년 검남서천절도사 겸 성도윤(成都尹)이 되었다. 762년 대종이 즉위하자 병부시랑이 된 이래 경조윤 겸 어사대부, 황문시랑을 역임하였다. 764년 다시 성도윤과 검남절도사를 맡으며 티베트를 막는데 공을 세웠다. 765년 임지에서 죽었다.

엄무는 비록 무인이지만 시도 잘 썼으며, 문인 가운데는 두보와 양사악(羊士諤)과 친하였다. 두보는 「팔애시」(八哀詩)에서 "붓을 대면 좌중의 사람들이 놀라고"(落筆驚四座)라며 그의 문필을 칭찬하였다. 『구당서』 권117과 『신당서』 권129에 전기가 있다. 현재 시 7수가 남아있다.

엄유(嚴維)

엄유(嚴維, 약717~약782)는 자가 정문(正文)이고 월주 산음(山陰, 절강성 소흥시) 사람이다. 757년 과거에 급제하여 제기위(諸暨尉)가 되었다. 765년 절동절도사에서 금오위장사(金吾衛長史)가 되었으며 이때 장팔원(章八元)과 영철(靈澈)이 그에게서 시를 배웠다. 당시 절동막부에 있으면서 769년에는 포방(鮑防), 여위(呂渭) 등 시인들과 자주 창화하였고, 770년에는 37명이 창화하여 「대력년절동연창집」(大曆年浙東聯唱集) 2권을 묶었다. 한때 고향 월주에서 한거하면서 유장경과 창화하였다. 777년 하남절도사 엄영(嚴郢)의 막부에서 하남위를 지냈고, 779년 비서랑이 되었다. 엄유는 숙종(肅宗)과 대종(代宗) 시기에 시명이 높았다. 현존하는 시는 『전당시』에 1권으로 묶여있다.

여온(呂溫)

여온(呂溫, 772~811)은 자가 화숙(和叔)으로 하중부 하동현(산서성 永濟) 사람이다. 처음에는 그의 부친 여위(呂渭)에게서 『시경』과 『예기』를 배우고, 육질(陸質)에게서 『춘추』를 배우고, 양숙(梁肅)에게서 문장을 배웠다. 798년 진사과에 급제하고 박학굉사과에도 급제하여 집현전 교서랑이 되었다. 당시 왕숙문, 유종원, 유우석 등과 친하였다. 803년 좌습유가 되었으며, 다음 해 공부시랑 장천(張薦)을 따라 티베트에 출사하였으나 현지에서 구류되어 805년 10월에 돌아왔다. 호부원외랑, 사봉원외랑, 형부랑중을 역임하고, 808년 재상 이길보가 두군(竇群)을 배척하면서 연좌되어 균주자사(均州刺史)로 폄적되고 도주자사(道州刺史)로 재폄적되었다. 810년 형주자사로 옮겼다가 다음 해 죽었다.

여온은 시와 문장에 모두 뛰어났으며, 특히 정치의 방도와 정치적 포부를 밝힌 명문을 많이 지었다. 『창랑시화』에서는 "또한 여러 사람들보다 뛰어나다"(亦勝諸人)이고 평하였다. 『구당서』권137과 『신당서』권160에 전기가 기록되어 있다. 『신당서』에 『여온집』 10권을 저록하였으며, 현전하는 『여화숙문집』도 10권이다. 시는 『전당시』에 2권으로 묶여 있다.

영호초(令狐楚) ─────

영호초(令狐楚, 766~837)은 자가 각사(殼士)이며, 돈황(감숙성) 사람이다. 스스로 호를 백운유자(白雲孺子)라 하였다. 부친이 태원부공조로 있었다. 791년 진사과에 급제했으며, 다음 해 계주자사 왕공(王拱)이 그의 재주를 아껴 종사로 불렀다. 1년 후 부친을 봉양하기 위해 고향 태원으로 돌아가자 태원부에서 그 행위를 높이 평가하여 종사로 불렀으며, 장서기, 절도관관, 감찰어사로 승진하였다. 806년 입경하여 좌습유가 된 이래, 태상박사, 예부원외랑, 형부원외랑, 직방원외랑, 지제고를 역임하였다. 818년 이후 화주자사, 화양절도사가 되었다. 820년 친한 사람이 수뢰죄를 지어 연좌되어 선흡관찰사로 좌천되고 다시 형주자사로 좌천되었다. 다음 해 태자빈객이 되었고, 824년 하남윤, 선무절도사가 되었다. 이후 호부상서, 동도유수, 천평절도사, 하동절도사, 이부상서, 태상경, 상서좌복야를 역임하고 산남서도절도사로 나가 있을 때 임지에서 죽었다. 영호초는 영민하고 박학하며 재주가 뛰어나 5세 때 시를 지었다. 과거 급제 후 절도 막부에서 13년 동안 공문을 다루었다. 덕종은 영호초가 표문을 올리면 반드시 그 글을 변별하며 칭찬하였다. 원화 연간의 조서는 글이 날카로웠으며, 헌종의 애책문은 칭송을 들었다. 만년에는 후진을 탁발하였다. 일찍이 장호(張祜)를 추천했으며, 이상은을 추천하고 그에게 병문을 가르쳤다. 시를 잘 지었으며, 유우석, 이봉길, 광선과 창화한 시가 많다. 원화 연간에 왕애, 장중소와 지은 악부시를 모은 『원화삼사인집』(元和三舍人集)은 현전한다. 그 밖에 절구시가 뛰어나 인구에 회자된다. 『신당서』에 『칠렴집』(漆厱集) 130권 등 여러 저술이 저록되어 있으나 산일되었고, 『어람시』(御覽詩) 1권이 전한다. 그 밖에 현전하는 작품은 『전당시』에 시 1권과 『전당문』에 문장 5권이 있다.

오균(吳筠) ─────

오균(吳筠, ?~778)은 자가 정절(貞節)로, 화주(華州) 화음(華陰) 사람이다. 유명한 도사이자 문인이다. 742년 도교에 뜻을 두고 남양(南陽) 의제산(倚帝山)에 은거하였다가, 현종의 부름을 받고 장안성에 들어갔다. 이후 숭산 숭양관(嵩陽觀)에 들어가 도사 마제정(馮齊整)에게서 정일(正一)의 법을 배웠다. 754년 두 번째로 현종의 부름을 받아 대동전(大同殿)에 들어가 한림공봉(翰林供奉)이 되었으며, 『현강론』(玄綱論) 3편을 헌상하였다. 오래지 않아 다시 숭산으로 돌아갔다. 안사의 난이 일어나자 756년 남쪽 여산(廬山)으로 피난하여 지냈으며, 769년부터는 월주(越州)를 다녔고, 770년에는 항주 천주산(天主山) 천주관(天主觀)에서 거주하였다. 778년에 선성(宣城)의 도관에서 생을 마쳤다.

오균은 도교 이론에 밝아 저술을 많이 했으며, 시부(詩賦)에도 뛰어나 평생 약 450편을 지었다. 도교 관련 저술은 『정통도장』(正統道藏)에 수록되어 있으며, 문집은 『신당서』에는 10권으로 저록되어 있으나 현재는 『종현선생문집』(宗玄先生文集) 3권이 전할 뿐이다. 시는 『전당시』 권853에 1권으로 정리되어 있고 그 밖에 일부 시편이 전한다. 『구당서』 권192와 『신당서』 권196에 전기가 있다.

오융(吳融)

오융(吳融, ?~905)은 자가 자화(子華)이며 월주 산음(山陰, 소흥시) 사람이다. 어려서부터 힘써 공부하여 시문이 많다. 일찍이 윤주 모산(茅山)에서 은거하였으며, 장주(長洲, 소주)에서 살았다. 889년 진사과에 급제한 후, 서천절도사 위소도(韋昭度) 아래 장서기를 하였다. 입경하여 시어사가 되었으나 895년 일에 연루되어 형남으로 좌천되었다. 897년 다시 입경하여 한림학사가 되었고, 곧 중서사인이 되었다. 901년 소종(昭宗)이 복위하면서 조서 10여 편을 간략하고 적절하게 작성한 공로로 호부시랑이 되었다. 이해 겨울 주전충이 장안을 압박하자 소종이 봉상으로 피난 갔는데, 오융은 수행하지 못하게 되자 문향(閿鄕)에 객거하였다. 903년 소종이 다시 환궁할 때 한림학사로 일했다. 오융은 시문에 뛰어났고 서예도 잘 하였다. 시인으로는 한악, 방간, 관휴 등과 친하였다. 시는 기행과 송별 등의 제재가 많고, 당말의 현실을 그리고 정치를 풍자한 시편도 있다. 청대 설설(薛雪)은 「폐택」(廢宅)을 '만당의 절창'(晚唐絶唱)이라 평가하였다. 『사고전서총목제요』에서는 중당의 유풍이 있으며 한악보다 약간 뛰어나다고 평가하였다. 또 "천우(天佑) 연간 시인 가운데 한원(閑遠)함은 사공도보다 못하고, 침지(沈摯)함은 나은만 못하고, 번부(繁富)함은 피일휴보다 못하고, 기벽(奇闢)함은 주박보다 못하지만, 그래도 다른 시인들은 오융과 나란히 할 자 드물다"고 하였다. 『신당서』에 『오융시집』 4권과 『制誥』 1권이, 『직재서록해제』에 『당영집』(唐英集) 3권이, 『송사』에 『오융부집』(吳融賦集) 5권이 각각 저록되어 있으나 현재 『당영가시』(唐英歌詩) 3권만 전한다. 『전당시』에 시 4권이 있고, 『전당문』에 문장 16편이 전한다.

온정균(溫庭筠) ────────

온정균(溫庭筠, 801~약866)은 본명이 온기(溫岐)이다. 자는 비경(飛卿)이며, 태원 기현(祁縣) 사람이다. 얼굴이 추하고 기괴해 사람들이 '온종규'(溫鐘馗)라 하였다. 구성이 기민하고 문장이 뛰어나, 과거 시험을 볼 때 각 운마다 팔짱을 끼었다가 써내려가, 8운시를 8번 팔짱끼고 완성하므로 '온팔차'(溫八叉) 또는 '온팔음'(溫八吟)이라 하였다. 그러나 사람됨 이 분방하고 거만하며, 귀족과 고관을 비판하므로 사대부 사이에서 '재주가 있으나 덕 행이 없다'(有材無行)고 낙인 찍혔으며, 이로 인해 과거에 급제하지 못하였다. 859년 수 현위(隋縣尉)가 되었다가, 양양의 서상(徐商) 막부 아래 순관(巡官)이 되었으며, 나중에 방 성위(方城尉)가 되었다. 866년 국자조교(國子助敎)가 된 후 곧 죽었다.

온정균은 만당 시기 대표적 문인으로 이상은과 함께 '온리'(溫李)라 병칭되었다. 또 이상은, 단성식과 함께 기려한 병려문으로 이름이 높았는데, 세 사람 모두 배항(排行)이 16번째이므로, 그들의 문장을 '삼십육체'(三十六體)라 하였다. 그의 시어는 화염(華艶)하 여 만당의 화미한 시풍을 대표한다. 또 사(詞)에도 뛰어나 화간사파(花間詞派)의 비조가 되기도 하다. 온정균의 대부분 작품은 염려하고 정교하나 제재가 비교적 협소하며 골 력이 없다는 점에서 이상은에 크게 미치지 못한다고 할 수 있다. 저술은 상당히 풍부하 나 대부분 산일되었고, 후인들이 모은 『온정균시집』(溫庭筠詩集)이 있다. 통행본으로는 청대 증익(曾益) 등이 편찬한 『온비경시집전주』(溫飛卿詩集箋注)가 있다.

옹도(雍陶) ────────

옹도(雍陶)는 만당 시기 활동한 시인이다. 자가 국균(國鈞)이고 성도(成都) 사람이다. 어 려서 가난하여 집을 떠나 벼슬을 찾았다. 822년 과거에 낙제한 후 백거이에게 시를 바 쳤으며, 청년기에 가도, 요합 등과 친하였다. 834년 과거에 급제하였다. 감찰어사와 국 자박사를 역임했고, 854년 간주(簡州)자사를 지냈다. 이후 죽었다. 옹도는 시부에 뛰어 났으며 스스로 사조(謝朓)와 유운(柳惲)에 비하였다. 당시 저명한 시인 요합, 가도, 은요 번(殷堯藩), 무가(無可), 서응(徐凝), 장효표(章孝標) 등과 친했다. 그의 시는 대부분 율시와 칠언절구로, 제재는 기려와 송별과 기증시가 많다. 『신당서』에 『옹도시집』 10권이 저 록되어 있으나, 『군재독서지』에선 5권으로 줄어들었고, 현재에는 남아있는 시를 『전 당시』에 1권으로 묶여 있다.

옹유지(雍裕之) ────────

옹유지(雍裕之)는 중당 시기에 활동했던 문인이다. 신문방(辛文房)은 『당재자전』에서 촉 지방 사람이라고 하였다. 여러 해 과거 시험을 보았으나 급제하지 못하여 사방을 떠돌 아다녔다. 왕안석은 『당백가시선』에서 '덕종 정원 이후 활동한 사람'(德宗貞元後人)이라 하였으므로, 아마도 원화 연간(806~821)에 죽은 것으로 보인다. 악부시에 뛰어났으며, 잡체시를 쓰기 좋아하였다. 『신당서』에 『응유지집』 1권이 저록되어 있으며, 현재 전하는 시도 『전당시』에도 1권으로 묶여 있다.

왕가(王駕)

왕가(王駕, ?~?)는 만당 시기 시인으로 자는 대용(大用)이고 하중(河中, 산성성 永濟) 사람이다. 자호를 수소선생(守素先生)이라 하였다. 희종이 성도로 피난 가자 과거에 응시하기 위해 촉 지방으로 갔으며, 882년 급제하지 못하여 고향으로 돌아갈 때 정곡이 송별시를 써 주기도 했다. 890년 과거에 급제하여 교서랑이 되었으며 예부원외랑까지 올랐다. 나중에 벼슬을 버리고 은거하였다. 고향에 있을 때에는 동향의 사공도와 자주 시문을 주고받았으며, 사공도는 「왕가에게 보내는 시를 평한 편지」(與王駕評詩書)에서 시론과 함께 왕가의 시를 상찬하였다. 『신당서』에는 『왕가시집』 6권이 저록되어 있으나 오래전에 산일되었고 현재는 시 6수가 전할 뿐이다.

왕건(王建)

왕건(王建, 약 766~830?)은 자가 중초(仲初)이며, 관보(關輔, 섬서) 사람이다. 785년경 장적(張籍)과 형주(邢州) 작산(鵲山)에 가서 함께 공부하였다. 정원 연간에 치청절도사, 유주절도사, 영남절도사 등에 들어가 일했으며, 813년 소응승(昭應丞)이 되었다가 위남위(渭南尉)가 되었다. 종친이자 환관인 왕수징(王守澄)으로부터 궁중의 일을 자세히 알게 되어 「궁사」 100수를 지은 것이 널리 전송되었다. 821년경 태부승이 된 후, 비서랑, 대상승(太常丞)을 역임한 후 828년 섬주사마(陝州司馬)가 되었다. 이후 장안에서 한거하였다.

　　왕건은 장적과 친밀한 이외에도 이익, 백거이, 한유, 유우석, 양거원 등과 교유하고 수창하였다. 특히 악부시와 궁사에 뛰어나, 장적과 함께 '장왕'(張王)이라 칭해졌으며, 송대 엄우는 왕건의 시를 장적과 함께 묶어 '장적왕건체'라 하였다. 『신당서』에는 『왕건집』 10권이 저록되어 있으나, 현재 『왕건시집』 8권이 전한다. 『전당시』에는 6권으로 편집되어 있다.

왕계우(王季友)

왕계우(王季友, 약 705~약 770)는 하남(河南, 지금의 낙양) 사람이다. 어려서 집이 가난하여 약초를 팔거나 짚신을 만들어 팔며 살았다. 젊어서 낙수(洛水) 근방에서 은거하였다. 왕계우는 특히 얼굴이 추악하여, 그의 처는 결혼한 지 2년이 못되어 떠났다고 한다. 화음현위(華陰縣尉)에 있다가 종친 이면(李勉)의 우대를 받아 괵주(虢州) 녹사참군(錄事參軍)이 되었다. 764년 이면이 강서관찰사(江西觀察使)로 갈 때 태자사의랑(太子司議郎)이 되었다.

교우 관계가 넓어 두보, 잠삼, 원결, 전기, 우소(于邵), 낭사원(郎士元), 융욱(戎昱) 등과 친하였다. 두보는 왕계우를 '호준'(豪俊)하다고 칭찬하였으며, 은번(殷璠)은 그의 시를 평하여 "기험(奇險)한 풍격을 좋아하고 힘썼으며, 보통 사람의 정감을 크게 초월하였다"(愛奇務險, 遠出常情之外)고 하였다. 현재 시 13수가 남아있다.

왕만(王灣)

왕만(王灣, ?~약730)은 낙양 사람으로, 713년 진사에 급제한 후 형양주부(滎陽主簿)가 되었다. 두 차례에 걸쳐 궁중의 도서를 정리하는 작업에 참여하여 『군서사록』(群書四錄)을 편찬하였으며 나중에는 낙양위(洛陽尉)가 되었다. 왕만은 기무잠과 친하였으며 일찍이 오 지방과 초 지방을 다녔다. 현재 『전당시』에 시 10수가 전한다. 그중 "바다의 태양은 밤을 뚫고 올라오고, 강가의 봄은 묵은 해를 지나온다"(海日生殘夜, 江春入舊年)는 특히 유명한데, 장열(張說)이 재상이 되었을 때 이 시구를 써서 정사당(政事堂)에 걸어두고 본으로 삼았다. 은번(殷璠) 역시 "시경 시인이 생긴 이래 이러한 구는 드물다"(詩人以來, 少有此句)고 상찬하였다.

왕발(王勃)

왕발(王勃, 650~676?)은 자가 자안(子安)으로, 강주(絳州) 용문(龍門) 사람이다. 군망(郡望)은 태원(太原) 기현(祈縣). '태원 왕씨'의 후예로 수말(隋末)의 유학자 왕통(王通)의 손자이다. 12세 때 조원(曹元)에게서 『주역』과 의술을 배웠고, 16세 때 지금의 화동 지방(蘇州와 杭州 일대)을 유력하였다. 17세 때 유소과(幽素科)에 응시하여 급제하였고, 18세 때 패왕(沛王) 이현(李賢)의 시독(侍讀)이 되어 『평대비략』(平臺秘略) 10권을 편찬하였다. 20세 때 패왕을 위해 장난삼아 「주왕(周王)의 닭을 토격하는 글」(檄周王鷄文)을 지어 준 일로 해서 고종(高宗)의 배척을 받아 쫓겨 났으며, 이때 촉(蜀) 지방을 유람하였다. 26세 때 교지(交趾)로 폄적된 부친 왕복치(王福畤)를 찾아가는 길에 홍주(洪州, 지금의 江西省 南昌)에서 「등왕각 서문」(滕王閣序)과 시 「등왕각」을 짓고 교주(交州, 지금의 하노이)에서 돌아오는 길에 물에 빠져 심장마비로 죽었다. 27세의 젊은 나이였다.

왕발의 시는 육조의 화려한 어휘 위에 격조와 골기가 더하여 성당(盛唐)의 전조(前兆)를 나타내고 있다. 초당의 최융(崔融)은 "왕발의 문장은 굉걸하고 빼어나 일반 문사들이 이를 수 없다"(王勃文章宏逸, 固非常流所及)고 평가하였고, 『사고전서총목』도 "왕발의 문장은 사걸 가운데 최고"(勃文爲四傑之冠)라 한 데서 알 수 있듯 일반적으로 '초당사걸' 가운데 가장 뛰어난 작가로 평가된다. 그러나 왕발을 포함한 '초당사걸'은 당시에 재주는 뛰어나나 비교적 경박한 인물군으로 알려졌다. 이후 두보(杜甫)가 높이 평가한 이래, 근세에 들어와서 그 평가가 더욱 높아졌다. 특히 문일다(聞一多)는 사걸(四傑)이 시의 제재를 "궁정(宮廷)에서 시정(市井)으로" 옮겨 당시 발전의 초석을 마련했다고 보았다. 『구당서』 권190과 『신당서』 권201에 전기가 있다. 저술이 풍부하나 많이 산일되었으며, 현대 가장 많이 통용되는 본은 청대 장청익(蔣淸翊)이 정리한 20권본 『왕자안집주』(王子安集注)이다.

왕손지(王損之)

왕손지(王損之)는 중당 시기에 활동한 시인이다. 회수 강가에서 살았으며 포용(鮑溶)과 교유했다. 『전당시』에서는 798년 진사과에 급제했다고 기록했는데, 이는 그의 시 「탁수에서 명주를 찾다」(濁水求珠)가 당해년에 급제한 왕기(王起)가 동명의 시를 썼기 때문에 추측한 것으로, 현재의 자료에서는 당해년에 성시에 출제된 시제는 「청출람」(靑出藍)이므로 왕손지의 급제 여부는 명확하지 않다. 『송사』 「예문지」에 『사륜점화』(絲綸點化) 2권이 저록되어 있지만 현전하지 않는다. 현재 시 1수 이외에 부 3편이 전한다.

왕애(王涯)

왕애(王涯, 763?~835)는 자는 광진(廣津)이며 군망은 태원(太原)이다. 792년 진사과에 급제했으며, 802년 박학굉사과에 급제하여 남전위(藍田尉)가 되었다. 804년 입경하여 한림학사가 된 이후, 우습유, 좌보궐, 기거사인을 역임하였다. 808년 조카 황보식(皇甫湜)이 현량방정능직언극간과에 응시하면서 책문이 지나치게 신랄하여 이에 연좌되어 괵주사마로 좌천되었고 원주자사로 옮겼다. 810년 입경하여 이부원외랑이 된 후 병부원외랑, 지제고, 중서사인, 태자시독, 공부시랑, 중서시랑, 이부시랑을 역임하였다. 820년 검남서천절도사로 나갔다가 824년 들어가 어사대부, 호부상서, 염철전운사, 예부상서를 역임하였고, 826년 다시 산남서도절도사로 나갔다. 829년 입경하여 태상경, 이부상서, 제도염철전운사, 우복야를 역임하고 833년 다시 재상이 되었다. 835년 감로지변 때 죽었다. 왕애는 박학하였으며 일찍부터 양숙(梁肅)의 상찬을 받았다. 영정과 원화 연간의 조칙은 그의 손에서 나온 게 많았다. 또 원로 악공들에게 물어 개원 연간의 아악을 연출하여 「운소악」(雲韶樂)이라 이름 붙이니 문종의 상찬을 받았다. 집안에 책이 수만 권이며 서예와 명화가 소장되어 있어, 항시 책을 읽고 거문고로 손님을 즐거이 맞았다. 시를 잘 지었으며 특히 절구에 뛰어났다. 저술도 상당히 풍부하여 여러 책이 저록되어 있으나 원화 연간에 영호초, 장중소와 지은 악부시를 모은 『원화삼사인집』(元和三舍人集)이 전할 뿐, 나머지는 산일되었다. 현재 전하는 시는 『전당시』에 1권으로 묶여 있다.

왕온수(王韞秀)

왕온수(王韞秀, ?~777)는 채원 기현(祁縣, 산서성) 사람으로, 왕진(王縉)의 딸이자, 왕유의 조카이다. 『신당서』에는 하서절도사 왕충사(王忠嗣)의 딸이라는 설도 있다. 743년 전후 원재(元載)와 결혼하여 그의 부인이 되었다. 가난했던 원재는 막 결혼하여 장인의 집에 살면서 처가 사람들로부터 무시를 받으며 지냈다. 이에 왕온수가 장안으로 유학 가기를 권하였다. 왕온수는 평수 독하고 드세기로 유명했다. 나중에 원재가 재상이 되었으나 사치와 수뢰로 유명한 탐관이 되었으며 777년 죄로 죽게 되었고 그녀도 함께 사사받았다. 현재 시 3수가 전한다.

왕유(王維)

왕유(692~761)는 자가 마힐(摩詰)이며, 원적은 기주(祁州, 산서성 祁縣)이나 포주(蒲州, 산서성 永濟縣)에서 태어났다. 713년 진사 급제 후 태악승(太樂丞)이 되었으나 사자춤 사건으로 폄적되었다. 장구령(張九齡)이 재상에 있을 때 좌습유(右拾遺), 감찰어사(監察御使), 급사중(給事中) 등으로 승진하였다. 안사의 난 때 반란군에 붙잡혀 급사중(給事中)을 지낸 일로 장안 수복 후 강직되기도 하였다. 이후 다시 관직이 회복되어 상서우승(尚書右丞)까지 올랐다. 왕유는 사신으로 변새에 나간 일과 안사의 난을 당한 일 외에는 평생 중앙 부서에서 근무하였으며, 만년에는 불교에 심취하여 벼슬과 은거 사이를 오가는 반관반은(半官半隱) 생활을 하였다. 그의 한적(閑適)한 정취는 이러한 배경에서 나왔다.

그의 시는 특히 자연의 풍경을 묘사하는데 뛰어나, 중국 산수시를 예술상 높은 경지에 올려놓았다. 화가이자 음악가로 시에서 시각과 청각적인 이미지를 잘 융합하였다. 자연스럽고 정확한 언어로 간결하고 선명하게 미적인 언어를 뽑아내어, 진송(晉宋) 이래의 산수시를 더 발전시켰다. 은번(殷璠)은 "언어가 빼어나고 가락이 우아하며, 내용이 새롭고 구성이 산뜻하다. 냇가에 있으면 구슬이요 벽에 붙이면 그림이 된다"(詞秀調雅, 意新理愜, 在泉爲珠, 着壁成繪)고 했고, 소식(蘇軾)도 "왕유의 그림을 맛보면 그림 속에 시가 있고, 왕유의 시를 맛보면 시 속에 그림이 있다"(味摩詰之畵, 畵中有詩; 味摩詰之詩, 詩中有畵)고 하여 시정화의(詩情畵意)가 결합된 특징을 지적하였다. 변새시와 송별시에도 뛰어났고, 율시와 절구에도 모두 명작을 남겼다. 왕유의 시문학에 대한 영향은 다대하다. 중당 전기에 대력십재자(大曆十才子)가 주도한 시단에서 왕유의 시풍은 계승되었다. 대종(代宗)은 왕유를 가리켜 "천하의 문종"(天下文宗)이라 칭송하였다. 중당의 가도(賈島), 요합(姚合) 이래 청대 왕사진(王士禛)에 이르기까지 큰 영향을 미쳤으며, 청담아수(淸淡雅秀)를 특징으로 하는 중국시의 전통을 이루었으며, 중국 고대 문인의 심미의식의 기준이 되었다.

왕인유(王仁裕)

왕인유(王仁裕, 880~956)는 자가 덕련(德輦)으로 천수(天水, 감숙) 사람이다. 어려서 공부를 모르고 개와 말을 부리며 사냥을 즐기다가 25세부터 공부하기 시작해 문장이 농서 일대에 알려지기 시작하였다. 당대 말기에 진주(秦州)절도판관이 되었고, 성도에 들어가 전촉(前蜀, 907~925) 후주 아래 중서사인, 한림학사가 되었다. 전촉이 망하자 후당(後唐, 923~936)에 들어가서 벼슬하면서 폐제(廢帝)의 격문, 조서, 고명 등을 작성하였다. 후진(後晉, 936~947) 때 사봉랑중, 좌사랑중, 우간의대부, 급사중, 좌산기상시 등을 역임하였다. 후한(後漢, 947~950) 때 호부시랑, 예부공거, 호부상서, 병부상서를 역임하였다. 후주(後周, 951~960) 들어서는 태자소보가 되었다. 왕인유는 시를 좋아하였으며 화응(和凝)과 함께 문장으로 유명하였다. 전촉 때 시를 만 수 지어 촉 지방 사람들이 '시 창고'(詩窖子) 라 불렸다. 또 음률에도 통하여 책을 쓰기도 하였다. 촉이 망한 후 호경(鎬京)에 가서 민간에서 채집하여 엮은 『개원천보유사』(開元天寶遺事)는 후세 소설가들에게 많은 영향을 끼쳤다. 저작은 상당히 풍부하여 역사서와 서지지 등에 저록된 책이 많으나 대부분 산일되었다. 시는 현재 16수가 전한다.

왕적(王績)

왕적(王績, 약 590~644)은 자가 무공(無功)으로, 강주(絳洲) 용문(龍門, 지금의 산서성 稷山) 사람이다. 문중자(文中子) 왕통(王通)의 아우로 호를 동고자(東皋子)라 하였다. 수(隨)나라 때 비서성(秘書省) 정자(正字)를 거쳐 육합현승(六合縣丞)을 지냈다. 당이 들어선 후에는 태악승(太樂丞)을 지내다가 그만 두고 은거하였다. 원래 뜻이 컸지만 조대가 바뀌면서 세번 출사했으나 모두 중도에 그만 두었다. 평생 술을 좋아하였으며, 「오두선생전」(五斗先生傳)과 「취향기」(醉鄕記) 등에 자신의 사상을 의탁하였다. 현재 전하는 100여 수의 시 가운데 주로 산수와 전원을 제재로 한적한 정취를 묘사한 작품이 뛰어나다.

왕적(王適)

왕적(王適, ?~700?)은 초당 시기에 활동한 시인으로 유주(幽州, 북경시) 사람이다. 무측천이 이름을 가리고 심사하여 뛰어난 인재를 뽑을 때 발탁되었다. 옹주사공참군이 되었으며 『삼교주영』(三教珠英) 편찬에 참여하였다. 진자앙과 교왕이 있었으며, 그의 시를 보고 "이 사람은 분명 문종(文宗)이 될 것이다"(此子必爲文宗矣)고 평하였다. 『구당서』에 『왕적집』 20권이 저록되어 있으나 산일되었고, 현재는 시 5수와 문장 3편만 남아있다.

왕정백(王貞白)

왕정백(王貞白, ?~약 905)은 자가 유도(有道)이며 신주(信州) 영풍(永豊, 강서 廣豊) 사람이다. 895년 과거에 급제하였다. 7년 후 교서랑을 제수 받았으나, 당말의 혼란기라 고향에 돌아가 저술에 몰두하였다.
　왕정백은 학술이 깊었으며 시명이 높았다. 나은, 정곡, 방간, 관휴 등과 친하였으며 시를 주고받았다. 일찍이 정곡(鄭谷)에게 지은 시 500수를 증정하였다고 하니 지은 작품이 아주 많았음을 알 수 있다. 또 자신의 시 가운데 300수를 모아 『영계집』(靈溪集)이라 하였는데 망일되었다. 현재 『전당시』에 시 1권이 전한다.

왕지환(王之渙)

왕지환(王之渙, 688~742)은 자가 계릉(季凌)이며 군망이 진양(晉陽)이다. 오대조 왕융(王隆)은 북위 때 강주(絳州)자사를 지냈다. 문음(門蔭)으로 기주(冀州) 형수주부(衡水主簿)가 되었으나, 다른 사람의 무고를 받아 관직을 그만 두고 황하의 남북을 유력하였다. 733년 고적이 유주에 있을 때 사귀었으며, 이후 장안에 가서 왕창령, 최국보 등과 사귀었다. 740년경 문안현위(文安縣尉)가 되었다. 왕지환은 재략이 있는 인물로 일찍이 각지를 유력하면서 변방도 다녔다. 이를 경험으로 쓴 변새시가 뛰어났다. 『집이기』에 실린 고적과 왕치환과 함께 가기들의 노래로 시의 우열을 논한 '기정'(旗亭)의 이야기는 유명하다. 중당 시기 예정장(芮挺章)이 편집한 『국수집』(國秀集)에 시 3수가 실렸다. 현존하는 시는 모두 6수이다.

왕창령(王昌齡)

왕창령(王昌齡, 690?~756?)은 자가 소백(少伯)으로 경조(京兆) 만년(萬年, 섬서성 서안시) 사람이다. 젊었을 때의 행적은 분명하지 않으나 변새시로 보아 변방에 나간 경력이 있는 것으로 보인다. 727년 36세경에 진사에 급제하여 교서랑이 되었고, 사수현(汜水縣)의 현위를 지냈다. 739년 영남으로 폄적되어 가다가 사면되어 돌아오는 중, 다음 해인 740년 양양을 들러 맹호연을 만나 창음(暢飮)하였다. 맹호연은 이때 병중이었는데 생선을 잘못 먹어 죽었다. 741년에 다시 강녕승(江寧丞)으로 출임하였다. 나중에 용표(龍標)로 좌천되었고, 안사의 난 때 강동으로 돌아갔으나 여구효(閭丘曉)에게 살해되었다.
　　왕창령은 당의 최성기인 개원, 천보 연간에 활동한 시인으로, 당시 "시인의 스승 왕창령"(詩家夫子王江寧)이란 말이 있을 정도였다. 이백, 왕유, 맹호연, 기무잠, 이기(李頎) 등과 친하였고, 왕지환(王之渙), 최국보(崔國輔)와도 창화하였다. 동 시대 평론가인 은번(殷璠)은 시선집이자 시평집인 『하악영령집』에서 그의 시를 가장 많이 싣고 "중흥의 고작"(中興高作)이라고 평하였다. 『신당서』에서는 "구성이 치밀하고 시정이 맑다"(緝密而思淸)라고 평하였다. 특히 칠언절구에 뛰어나 이백과 더불어 쌍벽을 이루었으며, 명대 왕세정(王世貞)은 '신품'(神品)의 반열에 올렸다. 그의 시는 현재 180여 수가 남아있으며, 그 외에도 시론서 『시격』(詩格)이 있다.

왕한(王翰)

왕한(王翰, ?~732?)은 성당 시기에 활동한 시인이다. 자는 자우(子羽)이며 병주(幷州) 진양

(晉陽, 산서성 太原) 사람이다. 청년 때는 호방하고 자부심이 강했으며 스스로 가사를 쓰고 노래하고 춤을 추었다고 한다. 710년 진사 급제. 714년 현량방정능직언극간과에 급제하여 창락현위(昌樂縣尉)가 되었다. 721년경 재상 장열(張說)의 천거를 받아 비서성 정자(秘書正字)가 되었고, 통사사인(通事舍人), 병부원외랑을 역임하였다. 집안에 가기(歌妓)가 있고 명마가 많았으며, 자신을 왕공후작에 비유하는 언론을 내기도 하여 사람들의 질시를 사기도 하였다. 장열이 재상에서 물러나자 727년 여주장사(汝州長史)로 출임하였고, 다시 선주별가(仙州別駕), 도주사마(道州司馬)가 되었다가, 도주에서 죽었다. 현재『전당시』에 13수가 전한다. 왕한은 시문에 능했으며 특히 변새시를 잘 지었는데, 「양주사」 2수는 유명하다. 조영(祖詠)과 두화(杜華)와 친했다. 『구당서』권19과『신당서』권 202에 전기가 실려 있다. 『구당서』에는 문집이 10권 있다고 하였으나 산일되었고, 현재 전하는 시는『전당시』에 1권으로 묶여 있다.

요합(姚合)

요합(姚合, 781?~855)은 오흥(吳興, 절강 湖州) 사람으로, 어려서부터 부친의 환유로 여러 곳을 따라다니며 살았으며 청년 시기에 숭산에서 은거하기도 하였다. 816년 과거에 급제한 후 위박절도사 종사가 된 후 무공주부(武功主簿)가 되었기에 요무공(姚武功)이라 부르기도 한다. 826년에는 감찰어사(監察御史)가 되었고, 전중시어사, 시어사, 호부원외랑, 금주자사, 형부랑중, 호부랑중 등을 거쳤다. 834년 항주자사로 나갔는데 이때 시를 많이 지었다. 이후 간의대부, 급사중, 섬괵(陝虢)관찰사를 거쳐 비서감으로 관직을 마감하였다.

요합은 유우석, 백거이, 영호초, 이신 등과 창화하였으며, 마대, 은요번, 장적 등과 교유하였다. 요합은 가도(賈島)와 시풍이 비슷하여 '요가'(姚賈) 또는 '가요'(賈姚)로 병칭되었으며 또 종종 시풍이 비교되기도 한다. 가도가 고음을 극단적으로 몰고 나갔다면 요합은 평이한 편이나 때로 소박한 가운데 공교함을 드러내었다. 오언율시에 한가한 정서와 야취를 노래한 경우가 많다. 풍경을 각화하는데 공을 들였으며 주로 유절(幽折)하고 청초(淸峭)한 의경을 표현하였다. 『극현집』에서는 왕유 등과 더불어 시인 중의 '사조수'(射雕手)라 칭송되었다. 만당시인 이빈(李頻)과 정소(鄭巢)는 요합을 적극 추종하였으며, 송대 영가사령(永嘉四靈)과 명대 경릉파(竟陵派)는 그의 시풍을 모범으로 삼았다. 현재『요소감시집』(姚少監詩集) 10권이 전한다. 『구당서』와『신당서』에 전기가 실려 있다.

우곡(于鵠)

우곡(于鵠, 약749~약796)은 대력(大曆)과 정원(貞元) 연간에 활동한 시인이다. 젊어서 과거에 응시하였으나 급제하지 못하고, 한양(漢陽)의 산속에서 은거하였다. 780년경에 여산

(廬山)에 도사들을 방문하러 가기도 했다. 나중에 산남동도절도사(山南東道節度使) 아래에서 일했으며, 790년경에는 형남절도사(荊南節度使) 번택(樊澤)의 막부에서 일했다. 장적(張籍)과 친했다. 현재 『전당시』에 시집 1권이 전한다.

우량사(于良史)

우량사(于良史, ?~약800)는 천보 연간 말기에 관직을 시작하였으며, 대력 연간에 감찰어사(監察御使)가 되었다. 789년부터 800년 사이에 서사호절도사(徐泗濠節度使) 장건봉(張建封) 아래에서 일하였다. 그의 시에 대해 고중무(高仲武)는 '청아'(清雅)하다고 평하면서 형사(形似)에 뛰어나다고 하였다. 현재 시 7수가 전한다.

우무릉(于武陵)

우무릉(于武陵)은 본명이 우업(于鄴)이며, 무릉(武陵)은 자이다. 이름보다 자로 불려졌다. 경조 두곡(杜曲, 서안시 長安縣) 사람이다. 850년경 과거에 급제하지 못하자 책과 거문고를 들고 낙양과 사천 일대를 떠돌아 다녔다. 영리를 바라지 않았으며, 저자에서 점을 치고 은거하며 자적하였다. 나중에 호남 일대에 갔을 때 그곳 풍경을 좋아하여 살려고 하였으나 뜻을 이루지 못하였고, 노년에는 숭산에서 살았다.

우무릉은 오언율시에 뛰어났으며, 제재는 송별시, 증답시, 행역시가 많다. 원대 신문방(辛文房)은 "흥취가 표일하고 정감이 풍부하다"(興趣飄逸多感)고 평하였다. 『신당서』에는 『우무릉시』(于武陵詩) 1권과 『우업시』(于鄴詩) 1권이 저록되어 있다. 현존하는 시는 『전당시』에 1권으로 묶여져 있다.

우세남(虞世南)

우세남(虞世南, 558~638)은 자가 백시(伯施)이며 월주(越州) 여요(餘姚, 지금의 절강성) 사람이다. 어려서 형 우세기(虞世基)와 함께 오군(吳郡)의 고야왕(顧野王)에게서 배웠다. 서릉(徐陵)이 그의 문장을 보고 칭찬하여 유명해진 후, 진 문제(陳文帝) 때 건안왕(建安王)의 법조참군(法曹參軍)이 되었다. 수(隋)나라 때는 비서랑(秘書郎)과 기거사인(起居舍人)을 역임하였다. 당(唐)이 건국되자 홍문관학사(弘文館學士)가 되어 방현령(房玄齡)과 함께 문서를 관장하였다. 관직은 비서감(秘書監)에 이르렀으며, 나중에 영흥현자(永興縣子)에 봉해졌다.

시는 아정(雅正)해야 한다고 주장했으며, 태종이 궁체시(宮體詩)를 짓자, "이 시가 밖으로 전해지면 천하 사람들이 따를까 두렵습니다"(恐此詩一傳, 天下風靡)라고 간언하였다. 그러나 그의 시는 응제(應制), 영물(詠物), 변새(邊塞) 소재가 많으며, 전반적으로 제량(齊梁)의 유풍을 벗어나지 못하였다. 서예에도 능하여 구양순(歐陽詢)과 함께 '구우'(歐虞)

라 칭해진다. 그가 편찬한 『북당서초』(北堂書鈔) 160권이 현재 전해지고 있으며, 그 밖에 『우세남집』(虞世南集) 30권 등이 역사서에 저록되어 있으나 산일되었다. 시는 『전당시』(全唐詩) 권36에 1권으로 정리되어 있다. 『구당서』(舊唐書) 권72와 『신당서』(新唐書) 권102에 전기가 실려 있다.

우승유(牛僧孺)

우승유(牛僧孺, 780~848)는 자가 사암(思黯)이며, 안정 순고(鶉觚, 감숙성 靈臺) 사람이다. 15세 때 장안 하두(下杜) 번향(樊鄕)에 있는 우홍(牛弘)의 옛 집에 갔는데, 그곳에서 책 1000권을 보고 자습하여 몇 년 후 이름이 장안에 알려졌으며, 재상 위집의(韋執誼)의 상찬을 받았다. 803년 위집의가 유우석과 유종원에게 번향에 우승유를 방문하러 가라고 해서 더욱 유명해졌다. 805년 이종민(李宗閔)과 함께 진사과에 급제했으며, 808년 다시 이종민과 함께 현량방정-능직언극간과(賢良方正能直言極諫科)에 급제하였다. 책문이 실정을 겨누고 회피하는 말이 없어 재상 이길보(李吉甫)의 기피를 사 이궐위(伊闕尉)가 되었다. 당시 이종민과 함께 붕당을 결성하여 우당(牛黨)의 영수가 되어, 이길보의 아들 이덕유(李德裕)의 붕당과 대립하였다. 하남위(河南尉), 감찰어사, 전중시어사, 예부원외랑을 역임한 후, 818년 도관원외랑 겸 시어사가 되었고, 고공원외랑, 집현전 직학사, 고부랑중 지제고, 어사중승, 호부시랑을 거쳐 822년 재상이 되었다. 824년 경종이 즉위한 후 중서시랑, 집현전 대학사 직위가 추가되었다. 825년 재상을 마치고 무창군절도사로 나갔다. 830년 다시 입조하여 병부상서에 재상이 되었다. 832년 회남절도사로 나갔다가 837년 동도 유수(東都留守)가 되었다. 844년 이덕유가 한 해 전에 죽은 소의군절도사 유종간(劉從諫)과 내왕이 있었다고 상주하여 순주장사(循州長史)로 좌천되었다가 죽었다.

우승유는 시문에 능했으며, 젊어서는 한유, 황보식과 시우였고, 만년에는 백거이, 유우석과 친하였다. 그가 편찬한 『현괴록』(玄怪錄) 10권은 서사와 묘사에서 한 단계 더 발전된 전기집으로 평가받는다. 현재 4권만 전해진다. 시는 현재 4수와 일부 단구들이 전해진다.

우윤궁(于尹躬)

우윤궁(于尹躬)은 于允躬이라고도 쓰여졌다. 경조 만년(萬年, 서안시) 사람으로 부친 우소(于邵)도 문명이 있었다. 대력 연간(766~779)에 진사과에 급제한 후, 807년 중서사인에 올랐고, 811년 지공거(知貢擧)가 되었다. 811년 5월 동생의 죄에 연좌되어 양주자사(洋州刺史)로 폄적된 후 얼마 지나지 않아 죽었다. 현재 시 1수가 전한다.

원결(元結)

원결(元結, 719~772)은 자가 차산(次山)이며 호는 원자(元子), 의우자(猗玗子), 낭사(浪士), 만랑(漫郎), 오수(聱叟), 만수(漫叟) 등으로 많다. 하남 노산(魯山, 하남성 노산현) 사람. 북위(北魏) 상산왕(常山王) 원준(元遵)의 후예이다. 754년 진사에 급제. 안사의 난 때 사사명이 하양(河陽)을 공격하자 의병을 조직하여 지역을 보전하는 공으로 수부원외랑(水部員外郎)이 되었다. 이후 저작랑(著作郎), 도주자사(道州刺史), 용주자사(容州刺史), 어사중승(御史中丞) 등을 역임하였다.

원결은 고체(古體)로 백성의 생활과 어려움을 반영한 시를 많이 썼다. 760년 자신이 편찬한 『협중집』(篋中集)에서는 "풍아가 일어나지 않고"(風雅不興), "문장의 도가 무너졌다"(文章道喪)고 탄식하며, 당시 시단이 "성률에 얽매여 있고, 형사를 숭상한다"(拘限聲病, 喜尙形似)고 비판하였다. 그리하여 "상층 사람에게는 알게 하고 하층 백성에게는 감화하게 한다"(上感於上, 下化於下)는 전통적인 시교설(詩敎說)의 토대 아래 질박하고 자연스런 시풍을 제창하였다. 당시 두보(杜甫)는 원결이 쓴 「용릉의 노래」(舂陵行)와 「도적이 물러간 후 관리들에게 보임」(賊退示官吏)을 높이 칭찬하였다. 산문도 당시 문인들에게 상당한 영향을 주어 고문운동(古文運動)의 선성(先聲)으로 평가되기도 한다. 그러나 오교(吳喬)나 옹방강(翁方綱) 등은 그의 시는 질박하지만 대신 기세가 약하고 예술적인 감응력이 부족하다는 평가도 내놓았다. 저술은 상당히 많다고 기록되어 있으나 일부는 산일되었다. 현재 시는 『전당시』에 2권으로 편집되어 있고, 문장은 『문자문편』(元子文編) 10권 등으로 전한다.

원순(元淳)

원순(元淳)은 낙양 사람으로 여도사(女道士)이다. 건부(乾符, 874~879) 연간 이전에 활동하였다. 시에 뛰어나 동 시대 시인 위장(韋莊)이 편집한 『우현집』(又玄集)과 후촉(後蜀)의 위곡(韋縠)이 편찬한 『재조집』(才調集)에 각각 그녀의 시가 실려 있다.

원진(元稹)

원진(元稹, 779~831)은 자가 미지(微之)이며, 선비족의 후예로 경조 만년(萬年, 서안시) 사람이다. 793년(15세) 명경과에 급제했다. 나중에 포주(蒲州)에 놀러갔다가 여인을 만나고 헤어졌는데 이를 전기 소설 「앵앵전」으로 각색하였다. 801년(23세)에 장안에서 백거이를 처음 알게 되어 이후 평생의 지기가 되었다. 803년 백거이와 함께 서판발췌과(書判拔萃科)에 급제하여, 함께 비서성 교서랑이 되었다. 806년(28세) 재식겸무-명어체용과(才識兼茂明於體用科)에 급제하여 좌습유가 되었으나, 고관의 견제를 사 하남현위로 나갔다. 809년 감찰어사가 되어 동천(東川)으로 사신으로 나가기도 했다. 810년 환관과 불화가 있어 강릉사조(江陵士曹)로 좌천되었다가, 815년 통주사마(通州司馬), 819년 괵주장사(虢州長史), 선부원외랑(膳部員外郞)이 되었다. 820년 목종이 즉위하면서 사부랑중, 지제고, 공부시랑을 역임하였다. 822년 재상이 되었으나 배도(裴度)와의 불화로 3개월여 만에 동주자사(同州刺史)로 나갔다가, 다음 해 월주자사, 절동관찰사로 나가 7년을 임직했다. 829년 입조하여 상서좌승이 되었고, 830년에 무창군절도사로 나갔다가 다음 해 죽었다.

　　원진은 백거이와 친하여 '원백'(元白)으로 불렸으며, 궁중에서도 음악에 그의 시를 싣는 경우가 많아 '원재자'(元才子)라 불렸다. 특히 악부에 뛰어났으며, 신제(新題) 악부의 의의를 강조하였다. 그의 『연창궁사』(連昌宮詞)는 역사와 시와 의론이 일체가 된 독특한 형식의 작품으로 손꼽는다. 그러나 사람들에게 널리 알려진 것은 도망시(悼亡詩)와 염시(艶詩)이다. 후촉(後蜀)의 위곡(韋縠)이 편찬한 『재조집』(才調集)에서는 59수를 실었다. 또 두보를 높이고 이백을 낮게 평가하여 후세에 영향을 주었다. 역사서에는 『원씨장경집』 100권, 『유집』(類集) 300권, 『소집』(小集) 10권, 『원백계화집』(元白繼和集) 1권, 『원화제책』(元和制策, 백거이와 독고욱 합집) 3권 등이 저록되어 있으나, 송대 이후 전해지는 것은 『원씨장경집』 60권과 외집 8권이다. 『전당시』에는 시 28권, 『전당문』에는 문장 9권으로 편집되어 있다.

위승경(韋承慶)

위승경(韋承慶, 640~706)은 자가 연휴(延休)로, 경조(京兆) 두릉(杜陵) 사람이다. 효도로 이름이 있었고, 진사에 응시하여 옹왕부(雍王府) 참군(參軍)이 되었다. 장수(長壽) 연간(692~694)에 봉각사인(鳳閣舍人)이 되었으며 나중에 세 번이나 천관(天官)을 역임하고 지정사(知政事)가 되었다. 중종이 즉위하면서 영남(嶺南)으로 유배되었다가, 다시 입조하여 비서소감(秘書少監)이 되었고, 『측천실록』(則天實錄)을 편찬한 공으로 부양현자(扶陽縣子)가 되었다. 황문시랑(黃門侍郞)을 제수 받은 후 죽었다. 『신당서』에는 문집이 60권으로 저록되었지만 현존하는 작품은 시 7수, 문 5편뿐이다. 전기는 『구당서』 권88과 『신당서』 권116에 실려있다.

위응물(韋應物)

위응물(韋應物, 약735~791)은 장안 만년현(萬年縣, 섬서성 서안시) 사람이다. 명문대족 출신이었으나 부친 때부터 가세가 쇠미하였다. 15세 때 호협(豪俠)을 숭상하여 궁중을 보위하는 삼위랑(三衛郞)이 되었지만 20세경 태학에 들어가 독서에 전념하였다. 759년에 하양부(河陽府)에서 근무하였으며, 763년 낙양승(洛陽丞)을 3년 맡은 후 낙양, 양주, 회수 등지를 유람하였다. 771년부터 하남병조참군(河南兵曹參軍), 경조공조(京兆功曹), 호현령(鄠縣令), 비부원외랑(比部員外郞) 등을 역임하였고, 782년 저주자사(滁州刺史)를 시작으로 강주자사(江州刺史), 소주자사(蘇州刺史) 등 외직을 지냈다.

위응물은 교제 범위가 넓어 당시 대부분의 주요한 시인들과 교류하였으며, 시명도 상당히 높았다. 시의 제재도 다양했는데 특히 산수전원시에 우수한 작품이 많다. 수식 없이 간결한 언어, 명랑한 풍격, 맑은 운미가 그 특징이다. 백거이는 「원진에게 보내는 편지」에서 "최근의 위응물의 가행(歌行)은 청려(淸麗)하고도 흥풍(興諷)에 가깝다. 또 오언시는 고아(高雅)하고 한담(閑淡)하여 절로 일가(一家)의 체제를 이루었다"고 평가하였다. 후세 사람들은 유종원(柳宗元)과 함께 '위류'(韋柳)로 병칭하거나, 왕유, 맹호연, 유종원과 함께 '왕맹위류'(王孟韋柳)로 연칭하며 그를 산수전원파의 주요 시인으로 친다. 현재 『위소주집』(韋蘇州集) 10권이 전한다.

위장(韋莊)

위장(韋莊, 836?~910)은 자가 단기(端己)이며 경조 두릉(杜陵, 서안시) 사람이다. 중당 시인 위응물(韋應物)의 4세손. 어려서 재주가 뛰어났으며, 가난한 환경 속에서 힘써 공부했다. 사람됨이 분방하고 자질구레한 일에 구애되지 않았다. 여러 차례 과거에 낙제하자 장안, 낙양, 강남, 호남 등지를 10년 동안 떠돌아다녔다. 883년(48세)에 장안을 탈출한 아낙으로부터 황소 점령 이후의 장안 모습을 듣고 서사시 「진부음」(秦婦吟)을 지어, 사람들로부터 '진부음 수재'(秦婦吟秀才)라는 말을 들었다. 894년(59세)에 과거에 급제하여 교서랑(校書郞)이 되었다. 900년에 좌보궐이 되었으며, 당대 150명의 시인의 시를 모은 『우현집』(又玄集)을 편찬하였다. 901년 촉 지방에 가서 왕건(王建) 아래 장서기가 되었다. 907년 당이 망하면서 왕건이 촉 지방에서 전촉(前蜀, 907~925)을 건국하자 산기시랑(散騎侍郞), 문하시랑(門下侍郞) 등 고관을 역임하였다.

위장은 당말 전란의 시대를 살면서 회고(懷古)와 상세(傷世)를 주요 제재로 삼았으며, 이별과 표박에 대한 감정을 직접적으로 토로한 작품을 많이 지었다. 일부 작품은 두보를 본받았기에 두보의 시풍을 갖추기도 하였다. 감정이 처연하고 깊어 때로 진지한 시편을 볼 수 있다. 위장은 사(詞)도 잘 지어 화간파(花間派)의 주요 사인이 되었으며 온정균과 함께 '온위'(溫韋)로 병칭되기도 했다. 사의 제재는 남녀 사이의 연정과 이별을 그린 내용이 대다수로 때로 자신의 처지를 기탁하였으며, 자연스러운 언어로 청려한 시풍을 만들었다. 『완화집』(浣花集) 10권이 전하며, 『전당시』에는 현존하는 시를 6권으로 묶어두고 있다.

위징(魏徵)

위징(魏徵, 580~643)은 자(字)가 현성(玄成)이며, 위주(魏州) 곡성(曲城, 지금의 하북성 曲周) 사람이다. 어려서 가난했으나 독서를 좋아하여 많은 책을 섭렵하였고, 수나라 말기에는 도사(道士)가 된 적도 있다. 이밀(李密)의 의군(義軍)에 참가하였으나, 나중에 함께 당에 귀

순하였다. 당 고조 이연(李淵)과 태종 이세민(李世民)을 보좌하면서 직언으로 국사를 도왔기에 역사서에서 '쟁신'(諍臣)이라 칭하였다. 관직이 광록대부(光祿大夫)에 이르렀고, 정국공(鄭國公)에 봉해졌다.

당이 건국된 이후에는 『군서치요』(群書治要)와 『수서』(隋書) 등의 편찬을 주도하였다. 이때 『수서』(隋書)의 서론과 『양서』(梁書), 『진서』(陳書), 『제서』(齊書)의 총론을 섰다. 또 『수서』 「문학전서」(文學傳序)에서는 남조 제량(齊梁)의 부미(浮靡)한 문풍을 반대하였으며, 질박하고 순정한 문장을 높이 평가하였다. 그 자신의 시문은 북방 문풍의 영향을 받아 심후하고 강건하다. 시는 현재 『전당시』(全唐詩) 권31에 1권으로 모아져 있다. 『구당서』(舊唐書) 권71과 『신당서』(新唐書) 권97에 전기가 실려 있다.

유가(劉駕)

유가(劉駕, 822~약875)는 자가 사남(司南)이며, 강동(江東, 강소성 南部) 사람이다. 처음에는 과거를 준비하며 장안에서 지내다가 852년 진사에 급제하였다. 이때 2년 전 먼저 급제한 친구 조업(曹鄴)과 함께 범려고산(范蠡故山)으로 돌아 갔다. 관직과 관련된 행적은 비교적 소략하며, 나중에 국자박사(國子博士)가 되었을 뿐이다. 유가는 이빈(李頻), 이동(李洞), 설능(薛能) 등과 친하였으며, 특히 조업(曹鄴)과 절친하였고 두 사람 모두 백성의 어려움과 사회 현실을 즐겨 다룬 고체시에 능해 '조류'(曹劉)라 병칭되었다. 『직재서록해제』(直齋書錄解題)에 『유가집』(劉駕集) 1권이 저록되어 있고, 『송사』(宋史) 「예문지」(藝文志)에 『고풍시』(古風詩) 1권이 저록되어 있다. 현재 남겨진 시는 『전당시』에 1권으로 모아져 있다.

유기장(劉綺莊)

유기장(劉綺莊, ?~약860)은 상주(常州) 사람으로 선종(宣宗, 847~859) 때 활동하였다. 847년경 곤산현위(崑山縣尉)가 되었으며, 나중에 벼슬이 자사(刺史)에 이르렀다. 백민중(白敏中), 최원무(崔元武), 위종(韋琮) 등과 친하였다. 유기장은 박식하여 저술이 많았다. 『신당서』에 저록된 『유기장집』 10권과 『집류』(集類) 100권은 전해지지 않지만, 사물의 명칭을 분류하여 주석한 『곤산편』(崑山編)은 현존한다. 그의 시는 현재 3수가 남아 있다.

유담(柳淡)

유담(柳淡, ?~775)은 자가 중용(中庸)으로, 보통 유중용(柳中庸)으로 더 많이 알려졌다. 포주 우향(虞鄉, 산서 永濟) 사람이다. 천보 연간에 소영사(蕭穎士)에게서 배웠고 그의 사위가 되었다. 안사의 난 때 강남으로 피난 갔다. 774년 호주(湖州)에서 안진경, 교연 등과 창화하며 『오흥집』(吳興集)을 펴낸 일이 유명하다. 다음 해 홍주로 가서 호조참군을 맡으려 했으나 그 전에 죽었다. 유담은 육우(陸羽), 노륜(盧綸), 이단(李端) 등과 친하였다. 현재 시 13수가 전한다.

유득인(劉得仁)

유득인(劉得仁)은 공주의 아들로 장안에서 정원(貞元) 연간에 태어났다. 개성(開成), 대중 (大中) 연간에 형제들이 모두 현달하였지만, 유득인만이 시문에 각고의 노력을 쏟아 과거를 보고 벼슬을 하려고 하였다. 30여 년에 걸쳐 과거를 준비하면서 논밭과 정원을 팔며 생활했지만 결국 급제하지 못했다. 대중 연간 말에 죽었다. 900년 조정에서 진사 급제를 추사(追賜)하였다. 유득인은 요합(姚合), 옹도(雍陶), 정거회(丁居晦) 등과 친하였으며 항상 고음(苦吟)하며 시를 지었다. 특히 오언율시에 뛰어났으며 시풍이 청영(淸瑩)하다. 비록 감정이 깊고 음미할 만한 부분이 있다고 해도 변화가 약해 당시의 설능(薛能)으로부터 "백 수가 한 수와 같고, 시집의 첫 시가 말미의 시와 같다"(百首如一首, 卷初如卷終.)는 평을 받았다. 『신당서』 「예문지」에 『유득인시』(劉得仁詩) 1권이 저록되어 있으며, 지금 『만당유득인시』 1권이 전한다.

유만(劉灣)

유만(劉灣, ?~약 783)은 자가 영원(靈源)이고 서촉(西蜀, 사천성 성도) 사람이다. 천보 연간에 진사에 급제하였다. 763년에 악주(鄂州)에서 원결(元結)과 만난 기록이 있으며, 765년 호남관찰사 막부에 있을 때도 원결을 다시 만났다. 나중에 이부원외랑(吏部員外郎), 기거랑(起居郎), 직방랑중(職方郎中), 출척사(黜陟使) 등을 역임하였다. 원결은 그의 시문을 가리켜 "당시 세속의 음미(淫靡)한 시풍을 바꾸려 하여 후생들의 본보기가 되었다"(嘗欲變時俗之淫靡, 爲後生規範)고 하였다. 고중무(高仲武)는 『중흥간기집』(中興間氣集)에 그의 시 4수를 실으면서 "성정이 직솔하며 시문에는 특히 변새의 작품이 뛰어나 (…중략…) 반역자나 도적들이 이를 보면 의당 마음을 바꿀 것이다"(性率多直, 屬文比事, 尤得邊塞之思. (…중략…) 逆子賊臣聞之, 宜乎皆改節矣)고 하였다. 현재 시 6수가 『전당시』에 실려있다.

유방평(劉方平)

유방평(劉方平, 약726~?)은 하남 낙양 사람으로, 원래 한대의 조상은 흉노족이었으며, 고조 유정회(劉政會)가 당 개국 공신이 된 이래 혁혁한 문벌을 이루었다. 부친 유미(劉微)도 오군태수에 이어서 강남채방사를 역임하였다. 젊어서 낙양과 장안에 지내면서 과거 시험을 보았으나 낙제한 후 여수(汝水)와 영수(潁水) 강가에서 은거하였다. 원덕수(元德秀), 이기(李頎), 황보염(皇甫冉) 등과 친했으며, 소영사(蕭穎士)는 그를 '낙양의 뛰어난 인재'(山東茂異)라고 칭찬하였다. 시는 특히 절구(絶句)에 뛰어났으며, 그림과 글씨도 잘 했다. 현재 『전당시』에 시 1권이 전한다.

유신허(劉脊虛)

유신허(劉脊虛, ?~약 752)는 자는 전을(全乙)이며, 홍주(洪州) 신오(新吳, 강서성 奉新) 사람이다. 733년 진사에 급제하여 홍문관(弘文館) 교서랑(校書郎)이 된 후 현위(縣尉)를 지낸 외에는 별다른 관직은 가지지 못하였다. 이후 행적도 주로 강남에서 문인들과 만나고 수창하는 일로 이루어져 있다. 문인 가운데 왕창령(王昌齡), 맹호연(孟浩然), 고적(高適) 등과 친했으며 이들과 주고받은 시들이 남아있다. 맹호연이 죽었을 때는 친구에게 그 유작(遺作)을 모아달라고 부탁하기도 하였다. 그의 시 가운데는 신라인 설문학(薛文學)에게 준 「해상시-해동으로 돌아가는 설문학을 보내며」(海上詩送薛文學歸海東)라는 시도 있다.

동 시대 평론가 은번(殷璠)은 『하악영령집』(河岳英靈集)에 11수를 싣고 "정서는 그윽하고 흥취는 깊으며, 시상은 절실하고 언어는 기이하다"(情幽興遠, 思苦語奇)고 평하였다. 송대 엄우(嚴羽)는 조영(祖詠), 기무잠(綦毋潜), 유장경(劉長卿), 이하(李賀)와 함께 '대명가'(大名家)라 칭하였다. 유신허 시의 제재와 의경은 맹호연과 비슷하여, 청담한 가운데 정취가 깊고 그윽하다. 『척령집』(鶺鴒集) 5권이 있었으나 후대에 산일되었고, 현존하는 시는 『전당시』(全唐詩)와 『전당시보편』(全唐詩補編)에 모두 16수가 남아있다.

유우석(劉禹錫)

유우석(劉禹錫, 772~842)은 자가 몽득(夢得)으로, 스스로 한대(漢代) 중산왕(中山王) 유승(劉勝)의 후예라 했다. 강남에서 태어나 어려서 부친을 따라 가흥(嘉興)과 오흥(吳興) 일대에서 살며 시승 교연(皎然)과 영철(靈徹) 등에게 시를 배웠다. 793년(22세) 유종원(柳宗元)과 함께 진사에 급제하였고, 박학굉사과(博學宏詞科)에 합격했다. 795년 태자교서(太子校書)가 되었고, 800년 회남절도사 두우(杜佑)의 종사(從事)가 된 후 위남현(渭南縣) 주부(主簿), 감찰어사(監察御使)를 역임하였다. 805년 순종(順宗)이 즉위 후 왕숙문(王叔文)의 정치 개혁에 참가했으나, 실패로 끝나자 연주사마(連州司馬)로 좌천되었다가 곧 낭주(朗州, 호남성 常德현) 사마(司馬)로 옮겨 9년간 지냈다. 815년 장안으로 소환된 후 파주(播州), 연주(連州), 기주(夔州), 화주(和州) 등지의 자사(刺史)를 지냈다. 826년 조정에 들어가 주객랑중(主客郎中), 예부랑중(禮部郎中)에 집현전학사를 겸하였고, 831년 소주자사(蘇州刺史)가 된 후, 여주자사(汝州刺史), 동주자사(同州刺史)를 역임하였다. 836년 태자빈객(太子賓客), 검교예부상서(檢校禮部尙書) 등을 역임하였다.

유우석은 청년 때 유종원과 교분이 두터웠으며, 나중에는 한유(韓愈)와 절친하였다. 만년에는 낙양에 있으면서 백거이(白居易)와 창화하며 시우(詩友)로 지내 '유백'(劉白)이라 병칭되기도 했다. 그의 시는 언어가 잘 응련되었으며 리듬이 자연스러우며 시풍이 견실하다. 특히 민가를 모방한 「죽지사」(竹枝詞)와 「양류지사」(楊柳枝詞) 등은 새로운 면모를 개척하였으며, 회고시(懷古詩)와 증답시도 명편이 많다. 『신당서』에는 『유우석집』(劉禹錫集) 40권이 저록되어 있는데 현존하는 그의 시문집도 40권으로 이루어져 있다. 『구당서』 권160, 『신당서』 권168에 전기가 실려 있다.

유원(劉媛)

만당 시기 여류 시인. 광화(898~901) 연간 이전에 활동하였다. 그 밖의 일은 미상. 『전당시』에 시 3수가 남아있다.

유위(劉威)

유위(劉威, ?~?)는 중당 시기 활동한 시인이다. 평생 뜻을 얻지 못하여 남북으로 떠돌아다녔다. 일찍이 변방에 나간 적도 있으며, 나중에 가난하게 늙어 죽었다. 그의 시는 모두 근체시로 객거와 실의의 슬픔을 노래한 것이 많다. 『신당서』에 『유위집』 1권이 저록되어 있으나 산일되었고, 현재에는 시 27수만 전한다.

유장경(劉長卿)

유장경(劉長卿, 약726~약787)은 자가 문방(文房)으로 선주(宣州, 지금의 안휘성 宣城市) 사람이다. 어려서 숭산(嵩山)에서 공부하였으며, 여러 차례 과거를 보았으나 급제하지 못하였다. 안사의 난이 일어나자 낙양에서 화동으로 피난 가 장주위(長洲尉), 해염령(海鹽令)을 역임하였다. 성격이 강렬하여 다른 사람을 저촉하는 일이 많았고 무고로 옥에 들어간 후 남파(南巴)로 폄적되었다. 유배 가는 도중에 풀려나와 강남 각지를 돌아다녔다. 764년 장안에 들어가 전중시어사(殿中侍御史)가 되었고, 768년 사부원외랑(祠部員外郎)에서 전운사판관(轉運使判官)이 되어 악주(鄂州)와 회서(淮西)를 오갔다. 774년 악악관찰사(鄂岳觀察使) 오중유(吳仲孺)의 무고로 목주사마(睦州司馬)로 좌천되었으며, 780년 수주자사(隨州刺史)로 옮겼다. 786년 관직을 떠나 양주에 한거하였다.

　유장경은 교유가 넓었으며, 760년대 이후에는 명성이 높았다. 유장경은 성당(盛唐)부터 활동하였지만 주요한 작품은 중당(中唐) 시기에 창작하였다. 그의 시는 언어가 정련되고 음조가 조화로우며, 간략하고 담담한 필치로 운치 있는 시를 잘 썼다. 특히 오언율시(五言律詩)를 잘 써 스스로 '오언장성'(五言長城)이라 자부하기도 하였다. 그러나 그의 시는 소재에 있어 행역의 시름, 이별의 아픔, 한적한 정취 등에 한정되었으며, 풍격도 변화가 없어 동의반복의 느낌을 준다. 고중무(高仲武)가 일찍이 말하기를 "시상은 민첩하나 시재는 적다"(思銳才窄), "열 수 이상을 읽으면 내용이 대략 서로 비슷하다"(十首以上, 語義略同)고 그 폐단을 지적하였다. 『신당서』에는 『유장경집』(劉長卿集)이 저록되어 있으나, 현재는 『유수주집』(劉隨州集) 11권으로 남아 있다. 이 중 시가 10권, 문장이 1권이다.

유종원(柳宗元)

유종원(柳宗元, 773~819)은 자가 자후(子厚)이고 하동(河東, 산서성 永濟縣) 사람이다. 793년(21세) 진사과에 급제하였으며 3년 후 박학굉사과(博學宏詞科)에도 합격하여 집현전 정자(集賢殿正字)가 되었다. 801년 이후 남전위(藍田尉), 감찰어사(監察御使)를 역임하였다. 805년 순종(順宗) 즉위 후 유우석(劉禹錫) 등과 함께 왕숙문(王叔文)이 주도하는 개혁정치에 참가하였으며, 예부원외랑(禮部員外郎)이 되었다. 그러나 왕숙문의 개혁 정치가 호족 등의 반대로 실패하고 주동자들은 폄적되거나 살해당하였다. 유종원도 그해 영주사마(永州司馬)로 폄적되고 10년 후 다시 유주자사(柳州刺史)로 좌천되었으며, 현지에서 죽었다.

유종원의 산문은 한유(韓愈)와 병칭되며, 시는 위응물(韋應物)과 병칭된다. 시는 정치상의 불평등이나 백성의 고충을 표현하거나, 산수 자연에 대한 감흥 또는 기탁을 쓴 작품이 많다. 그 밖에 우언(寓言)의 형식을 빌어 정치의 모순을 지적하는 시도 있다. 산수시는 고시(古詩)의 형식으로 많이 지었는데, 정련된 언어와 엄밀한 구성으로 명징한 시세계를 만들어내었다. 『구당서』권160와 『신당서』권168에 전기가 있다. 문집으로는 『구당서』에 『유종원집』(柳宗元集) 30권과 『비국어』(非國語) 2권을 저록하고 있다. 현대 학자 오문치(吳文治) 등이 정리한 『유종원집』 45권이 가장 완정하다.

유창(劉滄)

유창(劉滄, 800?~865?)은 자는 온령(蘊靈)이며 문양(汶陽, 산동 寧陽) 사람이다. 체격이 크고 절기가 있었으며, 술을 좋아하고 고금의 일을 논하기 좋아하였다. 여러 차례 과거에 응시했으나 낙제하였다가 55세경이 되는 854년에 급제하였다. 화원현(華原縣) 현위가 되었다가 용문현령이 되었다. 유창은 칠언율시를 많이 지었고 때로 요체(拗體)가 끼어들어 만당 율시의 변화를 보여주었다. 제재로는 회고시가 많다. 원대 신문방(辛文房)은 그의 시가 조하(趙嘏)나 허혼(許渾)과 비슷하다고 평하였다. 『전당시』에 시 1권이 남아있다.

유채춘(劉采春)

유채춘(劉采春)은 회전(淮甸, 강소성 靖江) 사람이다. 가기(歌妓)로 참군희(參軍戲)를 잘 하였다. 예인 주계남(周季南)의 처이다. 장경에서 대화 연간 초기에 월주(越州)를 유람했으며, 절동관찰사 원진(元稹)과 교왕이 있었다. 현재 시 6수가 전한다.

유희이(劉希夷)

유희이(劉希夷, 651~?)는 일명 유정지(劉庭芝)로, 여주(汝州, 지금의 河南성 臨汝) 사람이다. 어려서부터 문재가 있었고 비파를 잘 탔으며 형식에 얽매이지 않는 성격이었다. 675년에 과거에 급제하였다. 유희이는 변새시와 규정시(閨情詩)를 잘 지었으며 애절한 감정을 잘 표현했으나 처음에는 사람들의 주의를 받지 못하였다. 나중에 손익(孫翌)이 편찬한 『정성집』(正聲集)에서 유희이를 최고로 평가하자 세인들이 주목하기 시작하였다. 30세가 되기 전에 죽었다. 대표작인 「백두음」(白頭吟)은 역대로 전송되는 명작이다. 원래 『유희이집』(劉希夷集) 30권이 있었으나 망일되었고 현재 『전당시』에 시 1권이 있을 뿐이다.

육구몽(陸龜蒙)

육구몽(陸龜蒙, 약834~약881)은 자가 노망(魯望)이며, 소주 오현(吳縣, 강소성 소주) 사람이다. 어려서부터 총명하여 육경(六經)의 뜻을 알았고 특히 『춘추』에 밝았다. 일찍이 과거에 응시했으나 급제하지 못하자 더 이상 과거에 뜻을 두지 않고 송강 보리(甫里)에서 은거하며 스스로 강호산인(江湖散人), 천수자(天隨子), 보리선생(甫里先生) 등이라 불렀다. 870년 피일휴(皮日休)가 소주자사(蘇州刺史) 최박(崔璞)의 종사가 되면서 함께 놀고 창화하였다. 2년 가까이 창화한 300여 편은 『송릉집』(松陵集) 10권으로 묶었다. 이후 밭을 손수 갈면서 살았으나 가난을 면치 못하였고, 속인들과 사귀지 않고 배에 차호, 술, 낚시도구 등을 싣고 태호(太湖)를 돌아다녔다.

　육구몽은 시부(詩賦)와 산문에 모두 뛰어났으며, 당시 피일휴와 친하고 창화를 많이 했으므로 '피륙'(皮陸)이라 병칭되었다. 그의 시는 한유와 백거이의 영향을 받아, 기험(奇險)한 시풍이 있는가 하면, 현실의 문제를 직서하는 작품도 있다. 게다가 그의 시에는 이상은과 온정균의 청신하고 유창한 시풍도 있어 중만당의 특장을 잘 받아들여 자신의 풍격을 세웠음을 알 수 있다. 저술은 상당히 풍부한데, 현존하는 작품도 『송릉집』 이외에 『소명록』(小名錄) 2권, 『입택총서』(笠澤叢書) 4권 등이 있다. 송대 사람이 그의 작품을 모아 『보리선생집』(甫里先生集) 20권을 만들었다. 시만 치면 현재 『전당시』에 14권으로 묶여 있다. 『신당서』 권196에 전기가 실려 있다.

육복례(陸復禮)

육복례(陸復禮)는 791년 진사과에 급제했으며, 다음 해 박학굉사과에 급제하였다. 벼슬은 선부원외랑까지 이르렀다. 현존하는 작품은 시 1편 이외에 「균천악부」(鈞天樂賦)와 「환주합포부」(環珠合浦賦)가 있다.

육지(陸贄)

육지(陸贄, 754~805)는 자가 경여(敬輿)이며 소주 가흥(嘉興, 절강성) 사람이다. 773년 진사과와 박학굉사과에 급제하여 화주(華州) 정현위(鄭縣尉)로 나갔다. 얼마 후 위남주부(渭南主簿)가 되었으며, 조정에 들어가 감찰어사, 사부원외랑 겸 한림학사가 되었다. 783년 태위 주비(朱泚)가 역모를 일으켜 대진(大秦)을 세우고 스스로 황제에 올라 장안을 점령하였을 때 덕종의 피난을 시종하며 대부분의 조서를 썼기에 '내상'(內相)이라고 칭해졌다. 덕종이 환궁한 후 간의대부에서 중서사인으로 올랐다. 792년 중서시랑으로 재상이 되었다. 794년 배연령(裴延齡)의 참언으로 태자빈객으로 좌천되었으며 다음 해 충주별가(忠州別駕)로 폄적되었다. 805년 순종이 즉위하면서 환궁의 명을 내렸으나 조서가 도착하기 전에 죽었다. 육지는 조정에서 근무할 때 수많은 제고(制誥)와 주의(奏議)를 제작하였는데 이들을 모두 병문(騈文)으로 썼다. 그러나 육조 이래의 화려한 병문에 대해 불만이었기에 비교적 소박하고 충실한 내용의 병문으로 바꾸었다. 병문과 산문을 적절히 어울려 쓰는 작법은 후대에 큰 영향을 미쳤다. 『신당서』에 『비거문언』(備擧文言) 20권과 시문부표장(詩文賦表狀) 15권이 저록되어 있으나 대부분 전하지 않으며, 현재 『당육선공한원집』(唐陸宣公翰苑集) 24권이 전한다. 현재 시 3수와 부 7편이 전한다. 『구당서』와 『신당서』 본전에 행적이 기록되어 있다.

융욱(戎昱)

융욱(戎昱, 약 739~약 796)은 형주 사람으로, 젊어서 과거에 응시하였으나 급제하지 못하였다. 759년 절서절도사 안진경의 막부에 들어가 잠시 지냈다. 766년 촉 지방을 유람하였으며, 768년 형남절도사 위백옥(衛伯玉) 아래에서 일하였으며 이 시기에 두보(杜甫)를 만났다. 이후 담주자사(潭州刺史) 최관(崔瓘), 계주자사 이창노(李昌夔)의 막부에서 일하였다. 782년 장안에 들어가 시어사(侍御史)가 되었으며, 783년 신주자사(辰州刺史)가 되었고 나중에 건주자사(虔州刺史)가 되었다.

엄우(嚴羽)는 『창랑시화』(滄浪詩話)에서 "융욱은 성당에서 가장 늦은데, 이미 만당 시풍이 시작되었다. 융욱의 시에는 만당과 흡사한 시가 있다"(戎昱在盛唐爲最下, 已濫觴晚唐矣. 戎昱之詩, 有絶似晚唐者.)고 평하였다. 『신당서』에 『융욱집』(戎昱集) 5권이 저록되어 있으나, 현존하는 시는 『전당시』에 1권만 남아있다.

은만(隱巒)

은만(隱巒)은 당대 말기에 활동한 승려이다. 일찍이 여산에서 기거하였으며 나중에 촉 지방에 들어갔다. 『전당시』에 시 5수가 남아 있다.

은요(殷遙)

은요(殷遙, ?~약742년)는 왕유와 동 시기에 활동했던 시인으로 윤주(潤州) 구용(句容, 강소성 구용현) 사람이다. 개원(開元) 연간(713~741)에 충왕부(忠王府) 창조참군(倉曹參軍)과 교서랑(校書郎)을 역임하였다. 특히 왕유, 저광희(儲光羲)와 친하였다. 그의 시에 대해 동 시대인 은번(殷璠)은 '한아(閑雅)하다'고 평하였다. 현재 오언율시 5수가 전한다.

은인(殷寅)

은인(殷寅)은 자가 직청(直淸)이며 진군(陳郡) 장평(長平, 하남성 西華) 사람이다. 은천유(殷踐猷)의 아들. 745년 진사과에 급제하고 이후 박학굉사과에도 급제하였다. 태자교서(太子校書)를 지낸 후 영녕위(永寧尉)로 나갔으나, 아전의 위세와 모욕이 심한데 대해 매질하여 죽였기에 징성승(澄城承)으로 폄적되었다. 은인은 당시 시문에 이름이 있었으며 안진경(顔眞卿), 소영사(蕭穎士), 이화(李華), 조화(趙驊), 유방(柳芳) 등과 친하였다. 이화는 「삼현론」(三賢論)에서 여러 차례 은인을 언급하였다. 현재 시 2수가 남아있다. 『신당서』 은천유 본전에 간략한 전기가 붙어있다.

이가우(李嘉祐)

이가우(李嘉祐, ?~780)는 자가 종일(從一)이고 조주(趙州, 하북성 趙縣) 사람이다. 748년 과거에 급제하여 비서성 정자(正字)가 되었고, 전중시어사(殿中侍御史)를 역임하였다. 안사의 난이 일어나자 강남으로 피난 갔다. 759년 파양령(鄱陽令)으로 좌천되었고, 4년 후 강음령(江陰令)으로 양이되었다. 이후 장안에 들어가 사훈원외랑(司勳員外郎)이 된 후, 770년 원주자사(袁州刺史)로 나갔으며 임기를 마치고는 소주(蘇州)에서 한거하였다. 779년 태주자사(台州刺史)가 된 후 임지에서 죽었다.

　이가우는 교우 관계가 무척 넓은 편이어서 당시 거의 모든 주요 시인들과 교왕하였다. 대종(代宗) 때에는 전기, 낭사원, 유장경과 함께 '전랑유리'(錢郎劉李)라 병칭되기도 하였다. 이백의 친척이어서 이백이 "우리 집안의 완함은 현능하다"(我家小阮賢)고 하였으며, 동 시대 평론가 고중무(高仲武)는 '중흥의 고류'(中興高流)라 하였다. 자연 경관을 묘사한 시가 많으며 기미(綺靡)한 시풍은 남조 제량(齊梁)의 유풍을 이었다는 평이 있지만, 일부 안사의 난으로 인한 강남 지방의 사회적 동란을 절실하게 묘사한 시들도 있다. 현재 『이가우집』(李嘉祐集) 2권이 남아있으며, 『전당시』에도 시가 2권으로 묶여 있다.

이경(李景)

이경(李景)은 농서(隴西, 감숙성 동부) 사람으로 문종 때(827~840) 진사과에 급제하였다. 현재 시 2수가 남아있다.

이교(李嶠)

이교(李嶠, 645?~714?)는 자가 거산(巨山)으로, 조주(趙州) 찬황(贊皇, 지금의 하북성) 사람이다. 20세에 진사에 급제하여 장안위(長安尉), 감찰어사(監察御使), 급사중(給事中)을 역임하였다. 무측천의 뜻에 거슬려 윤주자사(潤州刺史)로 좌천되기도 하였다. 나중에 성균좨주(成均祭酒)가 되어 『삼교주영』(三敎珠英)을 편찬하였다. 예부시랑(禮部侍郎), 예부상서(禮部尚書)를 거쳐 706년에는 중서령(中書令)이 되었다.

이교는 무측천과 중종 시기에 주로 활동하였으며 당시 4명의 대학사(大學士) 가운데 하나였다. 특히 「분음행」(汾陰行)은 인구에 회자되어 나중에 현종도 이 시를 보고 이교를 '진정한 재자'(眞才子)라 불렀다. 응제시와 영물시가 많고 어휘는 전려(典麗)하다. 소미도(蘇味道)와 함께 '소리'(蘇李)라 병칭되었으며, 최융, 소미도, 두심언과 함께 '문장사우'(文章四友)라 불렸다. 원래 저술이 많았으나 대부분 산일되었고, 영물시를 모은 『이교잡영』(李嶠雜詠)은 일본 한시에 큰 영향을 미쳤다. 현재 남겨진 시는 『전당시』에 5권으로 묶여있다.

이군옥(李群玉)

이군옥(李群玉, 약813~약863)은 자가 문산(文山)이며, 예주(澧州, 호남성 澧縣) 사람이다. 생황을 잘 불었고, 초서를 잘 썼으며, 관직생활은 그다지 좋아하지 않았다. 친구들이 과거 응시를 강력히 권하여 한 번 응시하고는 그만 두었다. 젊어서 호남과 광동 등지를 여행하였다. 평소 친했던 배휴(裴休)가 호남관찰사가 되자 그 막부에서 예우를 받기도 하였다. 854년 재상이 된 배휴와 영호도(令狐綯)의 추천을 받아 홍문관 교서랑(弘文館校書郎)이 되었다. 2년 후 남의 폄훼를 받자 분개하여 벼슬을 버리고 고향에 내려갔으며, 얼마 있지 않아 죽었다.

이군옥은 당시의 저명 시인 장호(張祜), 두목(杜牧), 단성식(段成式), 방간(方干) 등과 친하였다. 용전은 거의 쓰지 않고 청려한 언어로 공령(空靈)한 의경을 만들어, 비록 기백은 강하지 않으나 운미가 자연스럽고 의경이 아름다운 시를 썼다. 『신당서』에 저록된 『이군옥시』(李群玉詩) 3권과 『후집』(後集) 5권이 현재 모두 전한다.

이기(李頎)

이기(李頎, ?~752?)는 영양(潁陽, 지금의 하남성 登封市) 사람으로, 735년 진사에 급제하였다. 741년 신향(新鄉)현 현위가 되었고, 이후 고향에 돌아가 은거하면서 신선술을 익히거나, 종종 가까운 낙양과 장안 등지에 다녔다. 이기의 교유 관계는 상당히 넓어 왕창령, 최호, 기무잠, 잠삼, 왕유, 고적, 황보증(皇甫曾), 주방(朱放) 등과 친하였으며, 당시 이름이 높았다.

　　그의 시의 내용과 체재는 상당히 다양하지만 특히 칠언가행(七言歌行)과 칠언율시에 뛰어났다. 은번(殷璠)은 "잡가(雜歌)는 모두 잘 지었고, 현리(玄理)를 가장 잘 표현하였다"(雜歌咸善, 玄理最長)고 하였다. 정서가 기세 있고 자유로우며 수식이 수려한 특징이 있다. 또 변새시는 자유로운 필치로 격앙된 정서를 표현하는 가행체의 특징을 잘 나타내었다. 칠언율시는 작품은 많지 않지만 기세가 웅장하고 음절이 높아 명대 칠자(七子)가 본으로 삼았다. 현재 전하는 시는 『전당시』(全唐詩)에 3권으로 묶여있고, 그 밖에 몇 수가 『전당시보편』(全唐詩補編) 등에 실려 있다.

이단(李端)

이단(李端, ?~약785)은 자가 정기(正己)이며, 조군(趙郡, 하북성 趙縣) 사람이다. 어려서 여산(廬山)과 숭산(嵩山) 등지에서 독서하였다. 전기(錢起), 노륜(盧綸) 등과 친했으며, 이들과 함께 부마 곽애(郭曖)의 집에 출입하였다. 당시 이들 시인들과 함께 창화하며 시명이 높아 767년(대력 2년) 전후하여 이들을 통칭하는 '대력십재자'(大曆十才子) 가운데 하나로 알려졌다. 770년에 과거에 급제하여 비서성 교서랑이 되었다. 이후 주로 장안에서 활동하였으며 만년에 병으로 강남에 가 항주사마(杭州司馬)가 되었다. 그의 시문과 관련 자료로 보아 형산(衡山)과 촉(蜀) 지방에 간 적도 있는데 시기는 명확하지 않다. 현존하는 시는 『전당시』에 3권으로 정리되어 있다.

이덕유(李德裕)

이덕유(李德裕, 787~849)는 자가 문요(文饒)이며, 조군(趙郡) 찬황(贊皇, 하북성) 사람이다. 재상 이길보(李吉甫)의 아들로 장안에서 태어났다. 나이 20세에 부친 관직에 의한 음서로 비서성 교서랑이 되었다. 817년에 하동절도사 장홍정(張弘靖) 아래에서 장서기가 되었으며, 곧 감찰어사, 한림학사가 되었다. 821년 원진(元稹)이 한림학사가 되면서, 이신(李紳)과 더불어 '삼준'(三俊)이라 불렸다. 이때 이들 세 사람이 전휘(錢徽)가 주관한 진사시가 불공정하다며 탄핵하여 전휘 등이 좌천되면서 나중의 우이당쟁(牛李黨爭)의 시초가 되었다. 822년 중서사인에 이어 어사중승이 되었고, 재상 이봉길(李逢吉)과 불화하여 절서관찰사로 나가 8년간 지냈다. 829년 다시 조정에 들어가 병부시랑이 되었으나 이부시랑 이종민(李宗閔)이 재상이 되면서 다시 활주자사 겸 의성절도사로 외직을 맡게 되었다가 곧 이어 검남서천절도사로 나갔다. 이후 병부상서, 의성절도사, 원주장사(袁州長史), 저주자사(滁州刺史), 태자빈객, 절서관찰사, 회남절도사 등을 역임하다가 840년 덕종 아래에서 재상이 되었다. 대내외적으로 여러 공적을 세워 태위에 올랐으며 위국공(衛國公)에 봉해졌다. 847년 우당(牛黨)의 중상을 받아 조주사마(潮州司馬)로 좌천된 후 다시 애주(崖州) 사호참군으로 좌천되었다가 임지에서 죽었다.

이덕유는 우이당쟁의 중심에 있던 정치가이자 문인으로 재상까지 이르렀으나 손에서 책을 놓지 않았으며 특히 『한서』와 『좌전』에 정통하였다. 유우석, 원진, 이상은, 온정균, 두목 등 문인들과도 교제가 깊었다. 저술은 상당히 풍부하였으나 현재는 『회창일품집』(會昌一品集)만 남아있다. 역대로 그의 시문에 대한 평가도 상당히 높다. 현존하는 시는 『전당시』에 1권으로 묶여 있다. 전기는 『구당서』 권174, 『신당서』 권 180에 실려있다.

이동(李洞)

이동(李洞, ?~897?)은 자가 재강(才江)이며 경조(京兆, 서안시) 사람이다. 당 종실의 후예이나 집안이 가난하였다. 시를 공들여 짓느라 침식을 잊을 정도였다. 장안에서 과거 준비를 하면서 여러 시인들과 사귀었으며, 여러 차례 과거에 응시하였으나 낙제하였다. 881년 장안이 함락되자 광서(廣西) 용주(龍州)로 피난 갔으며, 이후 사천 재주(梓州) 등지를 유람하였다. 889년 장안으로 과거 보러 가는 중 기일 안에 도착하지 못하여 응시하지 못하기도 하였다. 이후에도 결국 과거에 급제하지 못하고 생을 마쳤다.

이동은 가도(賈島)와 그의 시풍을 지극히 따랐으며, 일찍이 가도의 동상을 주조하여 모시며 신처럼 모셨다. 또 가도의 시를 손수 써서 좋아하는 사람을 만나면 증정하기도 하였다. 때문에 그의 시도 가도 시풍을 띠고 있으며 새롭고 기이한 면은 가도보다 더 하여 오융(吳融)의 칭찬을 받기도 하였다. 그의 시는 조탁한 탓에 비록 가구가 많다고 하더라도, 지나치게 신기함을 추구하느라 편벽되고 난삽한 점을 피하지 못한 점도 있다. 현재 『전당시』에 시 3권이 남아 있다.

이백(李白)

이백(李白, 701~762)은 자는 태백(太白)이고 호는 청련거사(青蓮居士)이다. 그 조상은 농서(隴西) 성기(成紀, 지금의 감숙성 天水縣)에 살았으나, 수대(隋代) 때 죄를 지어 서역으로 도망간 후, 그 부친이 면주(綿州) 창명현(彰明縣, 지금의 사천성 江油縣) 청련향(青蓮鄉)으로 들어와 살기 시작했다. 이백은 이때 부친을 따라 들어왔다.

이백은 21세 때 성도(成都)를 방문하고 25세 때 삼협을 나와 양자강, 한수, 동정호, 금릉, 양주 등 중국 각지를 다니다가, 재상이었던 허어사(許圉師)의 손녀와 결혼하여 호

북 안륙(安陸)에서 살았다. 730년(30세) 처음 장안에 들어가 장게(張垍), 최종지(崔宗之) 등
과 어울려 옥진공주(玉眞公主)의 별장을 드나들었다. 문단의 원로였던 하지장(賀知章)은
이백의 「촉도난」(蜀道難)을 읽고 "하늘에서 귀양내려온 신선"(謫仙人)이라고 하였다. 장
안에서 벼슬을 구하지 못하자 각지를 떠돌아다니면서 사람들과 교유하였다. 한때 태
원까지 갔으며, 산동에서 공소부(孔巢父) 등과 은거하여 죽계육일(竹溪六逸)이란 호칭을
얻었다. 742년(42세) 옥진공주의 추천으로 장안에 들어가 한림(翰林)이 되었으나 744년
봄 참언으로 관직에서 물러났다. 이때 두보(杜甫), 고적(高適)과 함께 하남과 산동을 유
람하였다. 이후에도 유주(幽州) 등 각지를 다녔다. 755년 안사의 난 때는 여산(廬山)에서
은거하고 있다가, 영왕(永王) 이린(李璘)의 반란에 참가하였다가 진압되었고, 그 죄로 야
랑(夜郎, 지금의 귀주성 遵義)에 유배 가는 도중 사면을 받았다. 만년에는 화동 지방에서 살
았으며, 당도현(當塗縣) 현령 이양빙(李陽氷)에 의탁해 있다가 죽었다.

　이백은 성격이 호방하고 현실 속에 공을 이루려는 의지도 있었으나, 현종 후기의
부패한 정치에 대해 불만을 가졌다. 그의 시는 곧잘 내심의 고민과 모순을 표현하였고,
세속과 권세가를 비웃고 멸시하는 정신을 곧잘 표현하였다. 다른 한편 그는 '시선'(詩
仙), 곧 '시의 신선'이라 칭해지듯, 그의 시는 정신의 자유로움을 가장 잘 표현해내었다.
일생 동안 명산을 찾아다니며 도교 수련을 하였고, 술과 신선술, 방종과 향락을 추구하
는 경향도 강했다.

　이백의 시는 '호방표일'(豪放飄逸) 넉자로 요약된다. 호방은 감정의 폭넓음과 드넓
음이요, 표일은 천마가 하늘을 나는 듯 정신의 자유로움을 말한다. 그는 중국의 고전시
가 지닌 여러 긍정적인 면을 모두 흡수하여 자신의 풍부한 상상력과 가치로 집대성하
였다. 두보가 말한 것처럼 "붓을 대면 비바람이 일어나고, 시가 완성되면 귀신마저 울
게 한다"(落筆驚風雨, 詩成泣鬼神)는 힘찬 감응력을 가지고 있었다. 청신하고 천진한 시들
가운데 특히 절구와 악부체(樂府體)에 이백의 본령이 드러났다. 현재 1000수 정도가 남
아있으며, 이 가운데 「장진주」(將進酒), 「촉도난」(蜀道難), 「고요한 밤의 생각」(靜夜思), 「아
침에 백제성을 떠나며」(早發白帝城), 「여산 폭포를 바라보며」(望廬山瀑布) 등 역대로 민중
의 애호를 받아온 시들이 많다. 역대 주본 가운데 가장 참고할 만한 것은 청대 왕기(王
琦)의 『이태백전집』(李太白全集)이며, 고금의 주석을 대부분 모은 첨영(詹鍈)의 『이백전
집교주휘석집평』(李白全集校注彙釋集評)이 열람하기에 비교적 편리하다.

이빈(李頻)

이빈(李頻, 814?~876)은 자가 덕신(德新)이며 목주 수창(壽昌, 절강성) 사람이다. 젊어서 방간
으로부터 시를 배웠다. 당시 요합의 시명이 높아 천 리를 멀다 않고 찾아가 시를 배우
니, 요합이 크게 찬상하면서 사위로 삼았다. 854년 과거에 급제하여 교서랑이 되었고
검주절도사의 초빙을 받아 다녀오기도 했다. 867년 남릉주부(南陵主簿)가 되었다. 이빈
은 사람됨이 강직하고 행정에 실적이 있으므로 의종(懿宗)이 이를 칭찬하여 시어사로

발탁하였고, 곧 도관원외랑이 되었다. 875년에는 건주자사(建州刺史)가 되었으며 다음
해 임지에서 죽었다. 이빈은 율시와 절구에 뛰어났으며 고음에 조탁을 하는 편이었다.
교왕한 시인으로는 이군옥, 설능, 정곡, 허당, 장교, 허혼 등이다. 현존하는 시는 『전당
시』에 3권으로 묶여 있다.

이산보(李山甫)

이산보(李山甫)는 만당 시기에 활동한 시인이다. 함통 연간에 계속 과거를 보았으나 급
제하지 못하였다. 883년 위박절도사 악언정(樂彦禎) 아래 종사로 들어갔다가 판관이 되
었다. 당시 이온(李熅)이 칭제하자 악언정이 유주와 창주 등지의 군사와 동맹하여 저항
하려 이산보를 사신으로 보냈으나 결국에는 일이 이루어지지 않았다. 이산보는 벼슬
이 뜻대로 되지 않고 조정 대신에 대해서도 불만이 많아 악언정의 아들 악종훈(樂從訓)
에게 복병을 심어 재상 왕탁(王鐸)을 살해할 것을 권하기도 하였다. 나중의 종적은 명확
하지 않다. 이산보는 활달한 성격에 수염이 창날처럼 솟았으며 호오가 명확하였다. 뜻
을 이루지 못해 통음하며 제멋대로 노래 부르며 억울하고 불평한 심기를 펼쳤다. 이에
그의 시도 격력하고 웅건하며 풍자가 많다. 칠언율시에 능하였다.

이상은(李商隱)

이상은(李商隱, 812?~858)은 자가 의산(義山), 호가 옥계생(玉溪生)으로, 회주(懷州) 하내(河內,
하남 沁陽) 사람이다. 나이 16세 때 「재론」(才論)과 「성론」(聖論)을 지어 고문(古文)으로 사
대부 사이에 알려졌다. 18세 때 천평군절도사 영호초(令狐楚)를 찾아가 시문을 보이니
영호초가 그의 재주를 아껴 여러 아들과 사귀게 하였으며 직접 병려문을 가르쳤다. 또
막부의 순관(巡官)으로 일하게 하였다. 영호초가 하동절도사로 전직하자 이상은도 그
를 따라 태원에 갔으며, 영호초의 아들 영호도(令狐綯)의 추천으로 837년(26세) 과거 시험
을 보고 급제하였다. 영호초가 죽은 후에는 경원(涇原)절도사 왕무원(王茂元)의 막부에
서 장서기가 되었다. 왕무원은 그의 재주를 아껴 사위로 삼았다. 당시 우당과 이당의
당쟁이 격렬한 때로, 우당은 이상은을 '궤박무행'(詭薄無行)이라 비난하였고, 영호도도
이상은을 배은망덕한 자로 폄하하며 배척하였다. 이후 이상은의 벼슬길은 험난하였
다. 839년에 비서성 교서랑이 된 후 홍농위(弘農尉)가 되었으며, 842년에 서판발췌과(書
判拔萃科)에 급제하여 비서성 정자가 되었다. 847년에 계관(桂管)관찰사의 지사(支使) 겸
장서기가 되었으며, 849년에 무녕절도사의 판관이 되었다. 851년에 영호도의 추천으
로 태학박사가 되었으며, 곧 이어 동천절도사의 장서기가 되었다. 856년에 염철추관이
되었다가 곧 그만 두고 정주(鄭州)에 한거하다가 병으로 죽었다.
　이상은의 시에서 두드러진 내용 가운데 하나는 현실 문제에 대한 관심이다. 번진
이 발호하고 환관이 전횡하여 민생이 피폐해진 상황에서 나라를 위해 일하려는 마음

이 있으나 벼슬길은 험난하고 뜻은 펴지 못해 울분을 쏟은 작품들이다. 다른 하나는 '무제시' 계열의 시로 아름다운 언어와 깊은 감정으로 애정을 노래하여 역대로 음송되었다. 그러나 시의 뜻에 대해서는 정치적 내용을 비유한 것인지 애정의 곡절을 표현한 것인지 의견이 분분하다. 시의 형식에 있어서는 칠언율시에 가장 뛰어나, 왕안석은 당대에서 두보를 배운 자로 이상은을 쳤다. 특히 전고의 사용과 비유의 운용에 뛰어난 점은 이상은 시를 더욱 풍부하게 만든 것으로 친다. 이상은은 만당의 대표 시인으로 두목과 병칭하여 '소이두'(小李杜)라 불려진다. 또 병려문에 있어 온정균, 단성식과 함께 모두 배항이 16이었으므로 이들 세 사람의 병려문을 '삼십육체'(三十六體)라 하였다. 현존하는 시는 약 600수이며, 문장도 상당수 남아있다. 전기는 『구당서』 권190과 『신당서』 권203에 실려 있다.

이섭(李涉)

이섭(李涉, ?~830?)은 낙양 사람으로 호를 청계자(靑溪子)라 하였다. 간의대부 이발(李渤)의 형이다. 젊어서 양원(梁園)에서 객거하였으며, 전란을 피해 이발과 함께 남으로 내려가 여산 백록동(白鹿洞)에 은거하였다. 나중에 장안 종남산으로 옮겼다. 803년경 진허 절도사 유창예(劉昌裔)의 종사로 들어갔고, 입조하여 태자통사사인이 되었다. 811년 협주사창참군으로 좌천되었으며 이릉(夷陵) 현령을 겸하였다. 820년 사면을 받아 장안으로 돌아가 태학박사가 되었다. 825년 강주로 폄적되었다.

이섭은 시에 뛰어났으며, 특히 절구에 능했다. 장호, 주주(朱晝), 양경지(楊敬之), 최응(崔膺) 등과 교왕하면서 시를 수답하였다. 제재는 증답시 이외에 폄적과 행려의 그리움, 은거의 즐거움 등으로 송대 엄우는 '심취'(深取)라고 평하였다. 현재 『전당시』에 시 1권이 전한다.

이신(李紳)

이신(李紳, 772~846)은 박주(毫州, 안휘성) 사람으로 오정(烏程, 절강성 湖州)에서 태어났으며 무석(無錫, 강소성 무석)에서 성장하였다. 자가 공수(公垂)이다. 증조부는 측천무후 때 중서령을 지낸 이경현(李敬玄)이다. 806년(35세) 진사에 급제한 후 절서관찰사 이기(李錡)의 장서기가 되었다. 809년 장안에 들어가 교서랑이 되었고, 이때 「악부신제」(樂府新題) 20수를 지어 원진과 창화하였다. 이후 국자조교, 우습유를 역임하였으며, 이후 한림학사가 되었을 때 원진(元稹), 이덕유(李德裕)와 더불어 '삼준'(三俊)이라 칭해졌다. 이후 우보궐, 사훈원외랑 겸 지제고, 중서사인에 이르렀다. 823년 이봉길(李逢吉)의 배척을 받아 내직에서 물러나와 강서관찰사로 출임하였다. 경종이 즉위하자 장우신(張又新)의 무고를 받아 단주사마(端州司馬)로 좌천되었고, 강주장사(江州長史), 저주자사(滁州刺史), 수주자사(壽州刺史)로 전전하였다. 833년 이덕유가 재상이 되면서 상황이 호전되어 절동관찰사, 하남윤, 선무군절도사, 회남절도사를 역임하고 곧 재상이 되었다.

이신은 백거이, 원진과 함께 신악부를 창화하였으나 아쉽게도 그의 작품은 전하지 않는다. 그의 시풍은 원진이나 백거이에 비해 풍격이 평범하며 세속적인 편이다. 그의 작품 가운데 초기작 「농부를 가엽게 여기며」(憫農) 2수가 가장 널리 알려져 있다. 그중에 있는 "사해에 놀고 있는 밭 한 뙈기 없는데, 농부는 오히려 굶어죽는다네"(四海無閑田, 農夫猶餓死.), "누가 알랴, 소반의 음식을, 한 알 한 알 모두가 수고로움인 것을"(誰知盤中飧, 粒粒皆辛苦.)과 같은 명구는 역대로 남녀노소의 상찬을 받으며 전송되었다. 이신은 과거 준비할 때 원진과 함께 장안의 정안리(靖安里)에서 함께 지냈는데, 이때 최앵앵(崔鶯鶯)의 일을 알게 되어, 이신은 「앵앵가」(鶯鶯歌)를 짓고, 원진은 「앵앵전」(鶯鶯傳)을 지은 일도 유명하다. 현존하는 시는 『전당시』에 4권으로 묶여 있으며, 문장도 『전당문』에 12편 전한다. 그의 생애에 대한 기록으로는 백거이와 심아지(沈亞之)가 쓴 전기가 있으며, 『구당서』와 『신당서』에 각각 본전이 실려 있다.

이야(李冶) ────────────────

이야(李冶, ?~784)는 자가 계란(季蘭)으로, 주로 이름보다는 이계란(李季蘭)으로 알려졌다. 6세 때 시를 지을 수 있었다. 중당시단에서 이름이 잘 알려진 여시인으로, 나중에 여도사(女道士)가 되었다. 모습과 기세가 당당하여 당시 사람들이 '여중시호'(女中詩豪)라 불렀다. 거문고를 잘 타고 시에 뛰어나, 당시 명사들의 칭찬을 받았다. 일찍이 오정(烏程) 개원사(開元寺)에서 명사들의 회합이 있을 때 유장경과 만나기도 하였다. 상원(上元) 연간에는 월주(越州) 두홍점(杜鴻漸)의 막부에 있었고, 762년에는 호주(湖州)에 있으면서 교연(皎然), 육우(陸羽) 등과 교유하였다. 778년경 궁중에 초빙되어 상을 받기도 하였다. 783년 태위 주비(朱泚)가 역모를 일으켜 대진(大秦)을 세우고 스스로 황제에 올라 장안을 점령하였을 때 시를 지어 바쳤는데, 이 일로 다음 해에 덕종에게 살해되었다.

이야는 오언시에 뛰어났으며, 증답시와 송별시를 많이 지었다. 감회와 정서가 진지하고 절실하며, 민가의 수법을 잘 사용하여 한위(漢魏)의 고풍이 남아있다. 현재 『전당시』에 시 18수가 남아있다.

이영(李郢) ────────────────

이영(李郢, ?~870?)은 자가 초망(楚望)이며 장안 사람이다. 항주에 살았는데, 나가면 산수의 흥을 느끼고 들어서면 거문고와 책의 즐거움에 빠져 바쁜 세상을 잊고 살았다. 856년 진사과에 급제한 후, 호주, 목주, 신주 등지에서 종사를 지냈으며, 입경하여 시어사가 되었다. 나중에 월주 종사가 되었다가 임지에서 죽었다. 이영은 저명시인 가도, 두목, 이상은, 청새(淸塞) 등과 교왕했다. 시는 칠언율시에 뛰어났으며, 신문방은 청려(淸麗)하다고 평하였다. 현재 『전당시』에 시 1권이 있고, 『전당시보편』에 50수가 더 수집되어 있다.

이옹(李邕)

이옹(李邕, 675~747)은 자가 태화(泰和)로 양주 강도(江都) 사람이다. 『문선주』(文選注)를 편찬한 이선(李善)의 아들이다. 어려서 이름이 났으며 무측천 말기인 704년 이교(李嶠) 등의 추천으로 좌습유가 되었다. 장간지(張柬之)와 연좌되어 남화령(南和令)으로 좌천되었다가 710년 좌대전중시어사(左臺殿中侍御史), 호부원외랑(戶部員外郎)이 되었다. 711년 태평공주에 연합하지 않은 탓에 애주사성승(崖州舍城丞)으로 좌천되었다. 715년 조정에 돌아와 호부랑중(戶部郎中)이 되었고 이후 괄주사마(括州司馬), 진주자사(陳州刺史)를 역임하였다. 726년 뇌물죄로 흠주 준화현위(遵化縣尉)로 좌천되었으나 공을 세워 괄주, 치주(淄州), 활주(滑州) 등지의 자사를 역임하였다. 745년 북해태수(北海太守)로 부임할 때 두보(杜甫)와 만나 시를 주고받았다. 747년 살해되었다.

이옹은 시문에 뛰어났으며 특히 비문과 서예에 능해 조정의 고관과 전국의 사찰에서 비단을 들고 와 그의 문장을 구하였다. 그의 시는 두보가 높이 평가하였다. 『신당서』에 『적인걸전』(狄人傑傳) 3권, 『금곡원기』(金谷園記) 1권, 『문집』 70권 등이 저록되어 있으나 모두 망일되었으며, 명나라 때 그의 시문을 모아 『이북해집』(李北海集)을 만들었다. 현재 시 11수가 남아 있으며, 문장은 『전당문』에 5권으로 묶여져 있다.

이우중(李虞仲)

이우중(李虞仲, 772~836)은 자가 견지(見之)이며 조군(趙郡, 하북성 趙縣) 사람이다. 시인 이단(李端)의 아들. 806년 진사과에 급제했으며 곧 이어 박학굉사과에도 급제하여 홍문교서(弘文校書)가 되었다. 812년 태상박사가 되었으며, 821년 검남서천절도 판관이 되었다. 822년 이후 병부원외랑, 사훈랑중, 병부랑중 겸 지제고, 중서사인을 역임하고, 830년 화주(華州)자사로 출임하였다. 833년에 다시 조정에 들어가 좌산기상시, 상서우승, 병부시랑, 이부시랑이 되었다. 인물됨이 간담(簡淡)하여 벼슬길이 통달했어도 삐기지 않았다. 『신당서』 「예문지」에 『이우중제집』(李虞仲制集) 4권이 저록되어 있지만 망일되었다. 현재 시 1편 이외에 산문 18편이 『전당문』에 전한다. 『구당서』와 『신당서』 본전에 전기가 실려있다.

이원(李遠)

이원(李遠, ?~약 865)은 자가 구고(求古)이며 기주(夔州) 운양(雲陽, 사천성) 사람이다. 어려서부터 큰 뜻이 있고 세속에 물들지 않았다. 831년 과거에 급제하였고, 840년경 복주(福州) 종사가 되었다. 851년 악주자사(岳州刺史)가 되었다. 858년 재상 영호도(令狐綯)가 이원을 항주자사로 추천하자 선종(宣宗)이 "짐이 듣건대 이원은 '청산에선 천 잔의 술이라 해도 싫증나지 않고, 하루 종일 오로지 바둑 한 판으로 보낼 만 하네'(靑山不厭千杯酒, 白日惟銷一局棋)라는 구를 보면 소홀하고 방자한데 어찌 백성을 다스릴 수 있겠는가?"라고 거부의 뜻을 비쳤다. 이에 영호도는 "시인은 시를 빌려 높은 흥취를 쏟아낼 뿐이니 실제로 여기지 마소서"(詩人托此以寫高興, 未必實然)라 하여 윤허를 얻어내었다. 이후 충주(忠州), 건주(建州), 강주(江州)자사를 지냈고 어사중승(御史中丞)까지 이르렀다. 시 이외에도 부(賦)도 잘 지어 허혼은 "부는 사마상여와 비슷하고 시는 도연명과 비슷하다"(賦擬相如詩似陶)고 칭찬하였며, 당시 사람들은 "허혼의 시에 이원의 부"(渾詩遠賦)라 하며 허혼과 병칭하였다. 현존하는 시는 『전당시』에 1권으로 엮어져 있다.

이익(李益)

이익(李益, 748~829)은 자가 군우(君虞)이고, 정주(鄭州) 사람이다. 769년 진사에 급제한 이래 화주(華州) 정현위(鄭縣尉), 정현주부(鄭縣主簿)가 되었다. 자신의 뜻을 펼 수 없자 관직을 버리고 하북 일대를 여행했으며, 780년 삭방절도사(朔方節度使) 최녕(崔寧)의 막부에서 일한 후, 유주절도사 주도(朱滔), 부방절도사(鄜坊節度使) 당조신(唐朝臣), 빈녕절도사(邠寧節度使) 장헌보(張獻甫) 아래에서 각각 일하였다. 변방의 막부에서 일한 경험은 「종군시」(從軍詩) 50수로 압축하여 788년 노경량(盧景亮)에게 헌상하였다. 이후 797년부터도 유주절도사 유제(劉濟)의 막부에서 일했다. 806년경 장안에 들어가 도관랑중(都官郎中), 고제책관(考制策官), 중서사인(中書舍人), 하남소윤(河南少尹)이 되었고, 812년에는 헌종(憲宗)이 그의 시명을 듣고 비서소감(秘書少監)에 임명하였다. 이후에도 계속 승진하여 태자우서자, 비서감, 태자빈객, 집현전학사판원사, 산기상시 등을 거쳐 관직이 예부상서(禮部尙書)까지 올라갔다.

이익의 이름은 당시 상당히 높아 "문장가 이익"(文章李益)이라 불렸으며, 왕건(王建)은 "하늘이 그대를 내지 않았다면, 누가 다시 문장의 벼리를 잡으리오?"(天若不生君, 誰復爲文綱)라고 하였다. 817년 영호초(令狐楚)가 『어람시』(御覽詩)를 편찬할 때 이익의 시를 가장 많이 뽑았다. 또 시가 지어질 때마다 교방(敎坊)의 악인(樂人)들이 돈을 내고 구하여 노래에 실을 정도였다. 당시 호사가들은 그의 「출정간 사람의 노래」(征人歌), 「새벽길을 나서며」(早行篇) 등을 병풍에 그리기도 했으며, "회악현의 봉화대 앞 모래는 눈과 같고, 수항성 아래 달빛은 서리 같아"(回樂烽前沙似雪, 受降城下月如霜) 등의 가사도 당시에 널리 알려졌다. 그 밖에 장방(蔣防)이 지은 전기 소설 「곽소옥전」(霍小玉傳)의 주인공으로도 잘 알려졌다. 그의 시는 가행체(歌行體)가 많고 성당(盛唐)의 기풍이 많이 남아있다. 여러 시체(詩體)에 두루 능했지만 특히 칠언절구에 뛰어나, 이백과 왕창령에 비견되며, 소재로는 변새시가 가장 유명하다. 그의 시는 악부 민가가 지닌 생동감을 잘 흡수하고, 뛰어난 필치와 독특한 구성으로 생활의 체험을 표현하였다. 『구당서』 권137과 『신당서』 권203에 전기가 실려있으며, 현재 『이익집』(李益集) 2권이 전한다.

이증(李拯)

이증(李拯, ?~886)은 자가 창시(昌時)이고 농서(隴西, 감숙성) 사람이다. 871년 진사과에 급제하였으며 이후 여러 절도사 막부에서 일하였다. 나중에 고공랑중, 지제고에 이르렀다. 886년 희종이 주매의 반란으로 봉상으로 피난 갔을 때, 주매와 이창부가 이온(李熅)을 옹립하면서 이증을 강제로 한림학사에 앉혔다. 12월 왕중영이 주매의 군대를 깨고 장안으로 들어가 주매를 주살하고 하중으로 도주하는 이온도 살해하는 와중에 이증도 살해되었다. 당시 혼란한 상황에서 지은 시 1수가 전해진다. 『구당서』권190에 전기가 있다.

이징(李憕)

이징(李憕, ?~755)은 병주(幷州) 문수(文水) 사람으로 부친은 감찰어사 이희천(李希倩)이다. 명경과에 급제하여 함양위(咸陽尉)가 되었다. 장열이 병주에 있을 때 그의 막부에서 일하기도 했다. 721년 장안위(長安尉)가 되었다. 우문융(宇文融)이 토지 겸병과 인구 유실을 막고자 전국의 호구와 토지를 조사하면서 권농판관(勸農判官) 20여 명을 데리고 각지를 다니며 조사하고 정리했는데, 이징도 권농판관이 되어 참여하였다. 이후 감찰어사, 이부원외랑, 탁지원외랑을 역임하였고, 창부랑중, 병부랑중, 이부랑중을 역임하고 급사중이 되었으며, 740년 하남소윤(河南少尹)이 되었다. 곧 이어 청하태수(淸河太守), 광릉장사(廣陵長史), 팽성태수, 양양태수, 하동태수를 역임하였다. 752년 상서우승(尙書右丞), 754년 경조윤(京兆尹)이 되었다. 755년 광록경, 동경유수(東京留守)가 되었으나, 12월에 안록산이 낙양을 함락시킬 때 살해되었다. 현재 시 3수가 남아있다.

이창부(李昌符)

이창부(李昌符, 약822~약891)는 가난한 집안 출신으로 과거에 자주 응시하였으나 낙제하였다. 「비복」(婢僕) 시 50수를 행권(行卷)으로 만들어 공경들에게 돌렸는데 이 때문에 시명이 높아져 863년 과거에 급제하였다. 관직은 선부원외랑(膳部員外郞)을 거쳐 선부랑중(膳部郎中)에 이르렀다.

  이창부는 만당 시기 '함통십철'의 하나로 정곡, 허당 등과 함께 시명이 높았다. 현존하는 시는 『전당시』에 1권으로 모아져 있다.

이하(李賀)

이하(李賀, 790~816)는 자가 장길(長吉)이고 복창(福昌, 하남성 宜陽縣) 사람이다. 스스로 농서인(隴西人)이라고 했는데, 이는 출생지가 아니라 군망(郡望)을 말한 것이다. 복창의 창곡

(昌谷)에서 살았으므로 이창곡(李昌谷)이라고도 부른다. 원래 종실의 정효왕(鄭孝王) 이량(李亮)의 후예였으나 그의 세대에는 이미 집안이 몰락한 때였다. 807년 낙양으로 이사한 후 한유를 찾아가 작품을 보여 인정을 받았다. 810년 하남부 부시(府試)에 합격한 후 장안에 가서 진사시에 응시하였다. 그러나 훼방하는 자들이 이하의 부친 성명이 이진숙(李晉肅)으로 진(晉)과 진(進)이 동음으로 피휘(避諱)해야 하기 때문에 진사시험을 보아서는 안 된다고 하였다. 이에 한유가 「휘변」(諱辯)이란 문장을 써서 변호하였지만, 결국 급제하지 못하였다. 811년 조정의 제사를 관장하는 봉례랑(奉禮郎)이란 말직을 지냈지만 2년 후 창곡으로 돌아가 한거하였다. 814년 노주(潞州)에 가서 장철(張徹)에 의탁하였으나 2년 후 다시 창곡으로 돌아가 27세의 젊은 나이에 죽었다. 현재 241수를 남겨놓고 있다.

이하는 정원 연간에 시명이 자자하였으며, 이익(李益)과 함께 '이리'(二李)라 병칭되었다. 통상 비단 주머니를 지고 나귀를 타고 다니면서 시상이 떠오르면 바로 써서 주머니에 넣곤 하였다. 그는 『초사』와 『능가경』(楞伽經)을 항상 보았으며 시 짓기에 골몰하여 식음을 잊을 정도였다. 이하는 다른 시인과 달리 독특하고 강렬한 시세계를 창조함으로써 당시 속에 일가를 이루었다. 그는 특히 악부시에 뛰어났는데, 사서에 "악부시 수십 편은 악공들이 모두 음송하였다"고 기록하였다. 그 밖에 절구가 쉽고 유창하여 악부시와 전혀 다른 풍격을 자아낸다. 아름다운 시어로 신화와 전설을 끌어들이고 기이한 상상을 펼친 만든 그의 시는 기이하고 화려한 형상을 창조하였다. 이에 반해 현실의 실감이 적고 난해하다는 지적도 있다. 『신당서』에 『이하집』 5권이 저록되어 있으며, 통행본으로는 청대 왕기(王琦) 등 3인이 평주한 『이장길가시』(李長吉歌詩)가 많이 쓰인다. 『구당서』와 『신당서』에 그의 전기가 실려 있다.

이함용(李咸用)

이함용(李咸用, ?~약915)은 군망이 농서(隴西, 감숙성)이다. 오랫동안 과거에 응시했으나 급제하지 못하자, 막부의 추관(推官)을 지냈다. 당대 말기 세상이 어지러워지고 관로도 열리지 않자 여산(廬山) 등지에 들어가 살았다. 석수휴(釋修睦), 내붕(來鵬)과 교류하며 시를 주고받았다.

이함용은 시에 뛰어났으며 특히 악부시와 율시에 능했다. 내용은 주로 난세를 걱정하고 자신의 실의를 토로하는 것이었다. 『피사집』(披沙集) 6권이 전하며, 시는 『전당시』에는 3권으로 정리되어 있다.

이행민(李行敏)

이행민(李行敏, 772~?)은 조군(趙郡, 하북성 趙縣) 사람으로 이덕유(李德裕)와 재종형제 사이이다. 790년 진사과에 급제하고, 796년 박학굉사과에 급제하였다.

이화(李華)

이화(李華, 715~774)는 자가 하숙(遐叔)이며 조주(趙州) 찬황(贊皇, 하북성) 사람이다. 젊어서 태학에 들어갔으며, 735년 진사과에 급제하였고, 743년 박학굉사과에 급제하였다. 남화위(南和尉)로 벼슬을 시작하여 비서성 교서랑이 되었다. 751년 이궐현위(伊闕縣尉)가 되었다가, 다음 해 입경하여 감찰어사가 되었으며, 곧 우보궐이 되었다. 안사의 난으로 장안이 함락되자 그 아래에서 봉각사인이 되었고, 이 때문에 장안 수복 후 항주사공참군으로 좌천되었다. 760년 좌보궐로 다시 복귀하였다. 764년 강남절도사 이현(李峴)의 초빙을 받아 종사가 되었고 검교이부원외랑이 추가되었다. 만년에는 주로 화동 지역을 다니다가 초주(楚州)에서 죽었다. 이화는 성당의 유명한 산문가로 소영사(蕭穎士)와 함께 '소리'(蕭李)로 병칭되었다. 안진경, 독고급, 가지, 유방(柳芳), 은인(殷寅) 등과 친했으며, 더불어 고문(古文)을 짓는데 노력하여, 한유와 유종원의 고문에 선구적인 역할을 했다. 「고대 전장을 조문하며」(弔古戰場文)와 「함원전부」(含元殿賦)는 명문으로 꼽힌다. 『신당서』에 『이화 전집』(李華前集) 10권과 『이화 중집』(李華中集) 20권이 저록되어 있으나 산일되었다. 현재 전하는 작품은 『전당시』에 시 1권과 『전당문』에 문장 8권이 있다.

잠삼(岑參)

잠삼(岑參, 715~769)은 형주(荊州) 강릉(江陵) 사람으로 군망(郡望)은 남양(南陽)이다. 증조 잠문본(岑文本), 백조(伯祖) 잠장천(岑長倩), 백부(伯父) 잠희(岑羲)가 모두 재상을 지냈고, 부친 잠식(岑植)은 진주자사(晉州刺史)를 지냈다. 744년(30세) 과거에 급제하여 우내솔부(右內率府) 병조참군(兵曹參軍)이 된 후, 749년 대리평사 겸 감찰어사의 직책으로 안서절도사 고선지 막부의 판관이 되어 서역에 종군하였다. 751년 장안으로 돌아와 시인들과 친교를 맺으면서 다음 해에 두보, 고적, 저광희, 설거 등과 자은사탑에 오르며 시를 주고받기도 하였다. 754년 안서절도사 봉상청 막부의 판관이 되어 두 번째로 서역으로 종군(從軍)하였다. 757년 우보궐(右補闕)이 되었고, 이후 태자중윤(太子中允), 전중시어사(殿中侍御史), 관서절도판관(關西節度判官), 가주자사(嘉州刺史)를 역임하였다.

잠삼은 고적과 곧잘 '고잠'(高岑)으로 병칭되는 성당 변새시파의 대표 시인이다. 초기에는 기려한 시풍이었으나 두 번에 걸쳐 변방에 다녀오면서 풍격이 크게 변하여, 적극적이고 낙관적인 정서로 공명을 추구하는 정신을 노래하였다. 풍부한 상상력과 변화 있는 구성으로 현란하고 명랑한 시풍을 만들었다. 은번(殷璠)은 "시어가 기이하고 구성이 준엄하며, 시의 주제 또한 기이함을 창조하였다"(參詩語奇體峻, 意亦造奇.)고 평하였다. 두보(杜甫)도 「미피의 노래」(渼陂行)에서 "잠삼 형제는 명승지 찾아다니기 좋아해"(岑參兄弟皆好奇)라 하여 그 취향이 기이함을 좋아함을 말하였다. 신문방(辛文房)도 "무리 중에서 홀로 뛰어나며 일반 사람의 정서를 뛰어넘는다"(超拔孤秀, 度越常情.)고 하여 시에서의 독특한 의경창조의 경향을 지적하였다. 『신당서』에 『잠가주집』(岑嘉州集) 10권을 저록하고 있으며, 현재 명대 편찬된 『잠가주시집』(岑嘉州詩集) 7권본이 통행되고 있다.

장갈(章碣)

장갈(章碣, ?~?)은 만당 시기에 활동한 시인으로, 원적은 목주 동려(桐廬, 절강성)이나 나중에 전당(錢塘, 항주시)에 살았다. 일설에는 장효표(章孝標)의 아들이라 한다. 870년경 이미 시명이 높았지만 과거에 연이어 낙제하였다. 877년 지공거 고상(高湘)이 자신과 친했던 소안석(邵安石)을 급제시키자 이에 시를 지어 비판하기도 했다. 당시 황소의 난으로 어지러워지자 상주 등지를 다녔다. 장갈은 새로운 칠언율시의 형식을 만들었는데, 8구 중 평측이 모두 운으로 사용되는 '변체시'(變體詩)로, 당시 문인들이 모방하는 자가 많았다. 송대 엄우(嚴羽)는 이를 비록 하나의 체식으로 나열했지만 본으로 삼기에는 부족하다고 하였다. 현존하는 시는 『전당시』에 1권으로 묶여 있다.

장경충(張敬忠)

장경충(張敬忠, ?~?)은 초당 말기에서 성당 초기에 활동하였다. 경조(섬서성 서안시) 사람. 중종 때 감찰어사를 거쳐 703년 삭방군총관 장인원(張仁願)의 막부에 들어갔다. 이후 사훈랑중, 이부랑중, 병부시랑을 역임하고, 719년 이후 평로절도사, 하서절도사, 익주장사, 검남절도사, 하남윤, 태상경을 지냈다. 현재 시 2수와 문장 2편이 전한다.

장계(張繼)

장계(張繼, 727?~780)는 자가 의손(懿孫)이고 양주(襄州, 호북성 襄樊市) 사람이다. 753년 진사에 급제하였다. 756년 전란을 피해 강남으로 가 월주, 항주, 소주, 윤주 등지를 유람하였고, 영일(靈一)과 방외의 친구가 되었다. 767년경 입경하여 시어사가 되었고, 검교사부원외랑으로 전운사판관의 일을 하였으며, 홍주(洪州, 강서성 南昌市)의 재정을 관장하였다.

　　장계는 당시 이름 있는 시인들인 유장경과 황보염과 친했다. 현존하는 40여 수의 시에는 병란에 따르는 민생의 어려움을 묘사한 시와 함께, 그 당시 시인들과 마찬가지로 도교적인 소재를 노래한 작품도 있다. 특히 「풍교에서 밤에 배를 대며」(楓橋夜泊)는 역대로 전송(傳誦)되었다. 『신당서』에 「장계시」 1권이 저록되어 있고, 현재 『전당시』에도 시가 1권으로 편집되어 있으나, 다른 시인들의 작품들이 잘못 끼어져 들어간 시도 많다.

장교(張喬)

장교(張喬, ?~약880)는 자가 백천(伯遷)이고, 지주(池州, 안휘 貴池) 사람이다. 일찍이 구화산(九華山)에서 은거하며 공부하였는데, 허당(許棠), 장빈(張蠙), 주요(周繇)와 함께 '구화사준'(九華四俊)이라 알려졌다. 870년 경조부시(京兆府試)에서 가장 뛰어난 작품을 내었지만 주관한 이빈(李頻)이 연배가 높다는 이유로 허당을 제일로 추천하였다. 당시 동남 지역에서 활동하던 문인들인 허당, 유탄지(喩坦之), 정곡(鄭谷) 등과 함께 '함통십철'(咸通十哲)에 포함되었다. 급제 후 10년간 노력했지만 결국 벼슬을 얻지 못하자 880년경 다시 구화산에 들어갔다.

장교의 시는 청아(淸雅)하여 당시 정곡(鄭谷), 두순학(杜荀鶴) 등이 높이 평가하였다. 『신당서』에 『장교시집』 2권이 저록되어 있으나 전하지 않고, 현재는 『전당시』에 시 2권이 남아있다.

장교는 신라인과 관계가 깊다. 그가 신라인에게 준 시는 「해동으로 돌아가는 박충시어를 보내며」(送朴充侍御歸海東), 「사신의 임무로 본국으로 돌아가는 빈공 김이오를 보내며」(送賓貢金夷吾奉使歸本國), 「신라로 돌아가는 바둑 시어 박구를 보내며」(送棋待詔朴球歸新羅), 「해동으로 돌아가는 승려 아각을 보내며」(送僧雅覺歸海東), 「급제하여 해동으로 돌아가는 사람을 보내며」(送人及第歸海東), 「신라의 스님을 보내며」(送新羅僧) 등 6수로 당대 시인 가운데 가장 많다. 또 신라 시인 최치원도 현존하는 작품 중에 그에게 준 시가 1수 있다.

장구령(張九齡)

장구령(張九齡, 678~740)은 자가 자수(子壽)이며, 소주(韶州) 곡강(曲江, 광동성 韶關市) 사람이다. 713년 진사 급제. 현종(玄宗) 때 좌습유(左拾遺), 좌보궐(左補闕), 예부원외랑(禮部員外郎), 중서사인(中書舍人), 태상소경(太常少卿) 등을 역임하였으며, 727년 이후 홍주자사(洪州刺史), 계주자사(桂州刺史), 영남안찰사(嶺南按察使) 등 외직을 역임하였다. 이후 다시 비서소감(秘書少監), 공부시랑(工部侍郎), 중서시랑(中書侍郎), 중서령(中書令)에 이르렀다. 그는 현종 시기에 덕망 있는 '개원 현상'(開元賢相)이었다. 736년 이림보(李林甫)의 견제를 받아 형주장사(荊州長史)로 폄적된 후 된 후 죽었다.

장구령은 청년 때부터 문명(文名)이 나 장열(張說)으로부터 "후배 문인 가운데 최고"(後出詞人之冠)라는 상찬을 받았다. 또 문인 학사들과도 교류가 넓어 후진을 많이 양성하였는데, 왕유(王維)와 노상(盧象) 등을 발탁하였고, 맹호연(孟浩然), 왕창령(王昌齡), 전기(錢起), 기무잠(綦毋潛) 등을 격려하였다. 그의 시는 맑고 담아하며 감정이 깊어, 초당 궁중풍의 부염(富艶)한 시풍을 일소하였다. 명 호진형(胡震亨)은 장구령이 왕유, 맹호연, 저광희, 위응물의 맥을 열었다고 했다. 또 청대 심덕잠(沈德潛)은 장구령은 진자앙, 이백과 함께 당대 오언고시의 기풍을 연 인물로 쳤다. 다시 말해 장구령은 초당 말기에 진자앙을 이어 성당시풍(盛唐詩風)을 연 문단의 좌장이었다. 『장곡강집』(張曲江集) 20권이 전하며, 『구당서』 권 99와 『신당서』 권126에 전기가 실려 있다.

장남사(張南史) ─────────────

장남사(張南史, ?~777)는 자가 계직(季直)이며 유주(幽州, 북경) 사람이다. 젊어서 바둑에 뛰어난 것으로 알려졌으며, 두건을 쓰고 지팡이를 짚고 10년 동안 왕후의 저택을 드나들었다. 중년이 되어 분발하여 학문에 열중하였고, 좌우창조참군이 되었다. 안사의 난이 일어나자 756년 이서(李紓)와 함께 피난하여 이서의 부친 강동채방사 이희언(李希言)에 의탁하였다. 이후 양주(揚州)에서 한거하였고 770년경 강남의 윤주에 있는 황보염과 수창하였다. 775년 가족들과 선주(宣州)로 이사했으며 얼마 후 죽었다.

장남사는 시에 능하였고, 유장경, 전기, 황보염, 독고급, 주방, 영일 등과 수창하였다. 현존하는 시는 『전당시』에 1권으로 남아 있다.

장문희(張文姬) ─────────────

장문희(張文姬)는 생졸년 등 미상. 포참군(鮑參軍)의 처. 시를 잘 지었으며 현재 영물시 4수가 남아있다.

장부인(張夫人) ─────────────

장부인(張夫人)은 시인 길중부(吉中孚)의 처로, 이름과 생졸년은 미상이다. 『전당시』에서는 초주 산양(山陽, 강소성 淮安) 사람이라고 하였으나 근거가 희박하다. 현재 『전당시』에 시 5수와 잔구(殘句)가 남아있다.

장빈(張蠙) ─────────────

장빈(張蠙, ?~약925)은 자가 상문(象文)이며, 군망은 청하(淸河, 북경시)이다. 주로 강남에서 살았다. 어려서 총명하고 시를 잘 지었다. 젊어서 허당(許棠), 장교(張喬), 주요(周繇)와 함께 '구화사준'(九華四俊)이라 불렸다. 870년경 '함통십철'의 한 사람으로 도성에서 시명이 높았다. 여러 차례 과거에 응시하였으나 낙제하다가, 895년 급제하여 교서랑이 되었고, 곧 역양위(櫟陽尉), 서포령(犀浦令)을 역임하였다. 당말 난리를 피해 사천으로 들어갔으며 907년에 왕건이 세운 전촉(前蜀)에서 선부원외랑(膳部員外郎)이 되었다. 왕건의 태자 왕연(王衍)이 후주가 된 후 그의 인정을 받았으나 환관의 참언에 제지되어 금당령(金堂令)으로 관직을 마쳤다.

장빈은 율시를 많이 지었으며, 청년기에 변경을 다니며 변새시도 많이 지었다. 경관 묘사에 뛰어났는데, '낙일'(落日)과 '일색'(日色)이란 어휘로 변방의 풍광을 그리기 좋아하였다. 만년에서 섬세한 묘사 쪽으로 기울어졌다. 『신당서』에 『장빈시집』 2권이 저록되어 있으나, 현존하는 시는 『전당시』에 1권으로 남아있다.

장손정은(長孫貞隱)

장손정은(長孫貞隱)은 하남 낙양(洛陽) 사람으로, 고종 때 태상박사(太常博士)를 역임했다. 송대 사람들이 피휘하느라 한자를 '長孫正隱'이라 쓰기도 했다. 행적에 대해선 자세하지 않다. 현재 『전당시』권 72에 시 2수가 남아 있다.

장순(張巡)

장순(張巡, 709~757)은 등주(鄧州) 남양(南陽, 하남성 鄧縣) 사람이다. 736년 진사 급제한 이래 태자통사사인(太子通事舍人), 청하령(淸河令), 진원령(眞源令)이 되었다. 안사의 난이 일어나자 의병을 모집하여 선보현(單父縣)의 현위 가분(賈賁)과 함께 옹구성(雍丘城)에서 싸웠다. 나중에는 태수 허원(許遠)과 함께 휴양(睢陽, 하남성)에서 싸웠다. 반란군이 회남과 강남으로 가지 못하는데 큰 공을 세웠기에 757년 1월 금오장군, 주객랑중, 하남절도부사를 수여받았으며, 다시 어사중승(御史中丞)의 직급을 받았다. 그러나 계속되는 반란군의 공격으로 원병이 없는 상황에서 결국 성은 함락되고 그도 살해되었다. 장순은 원래 문관이었으나 병법에 정통하였고 여러 차례 반란군을 이겨 안사의 난 때 영웅으로 알려졌다. 『구당서』권187과 『신당서』권192에 전기가 있다. 현재 시 2수와 산문 3편만 남아 있다.

장악(張諤)

장악(張諤, 725년 활동)은 708년 과거에 급제하였으며 개원 연간에 태축(太祝)이 되었다. 당시 기왕(岐王) 이범(李範)이 학문을 좋아하고 서예에 뛰어나 귀천을 가리지 않고 문인들과 사귀었는데, 장악은 염조은(閻朝隱), 정정기(鄭庭琦), 정요(鄭繇) 등과 함께 자주 시종하며 시를 창화하였다. 그러나 왕공들은 외부인과 교왕하지 못한다는 규정에 저촉되어 기왕의 문학 시신들은 좌천되고 장악도 720년 산치승(山茌丞)으로 좌천되었다. 나중에 진왕(陳王)의 연(掾)이 되었다. 현존하는 시 가운데는 725년 현종이 태산에서 신하들에게 잔치를 베풀 때에 지은 시도 있다. 현재 시 12수가 남아 있다.

장약허(張若虛)

장약허(張若虛, 약660~약720)는 생졸년이 자세하지 않으나 초당 말기에서 성당 초기에 활동한 것으로 보인다. 양주(揚州) 사람으로 일찍이 연주(兗州)에서 병조(兵曹)를 지냈다. 신룡(神龍)연간(705~707)에 하지장, 하조(賀朝), 만제융(萬齊融), 형거(邢巨), 포융(包融) 등과 함께 강남의 문인으로 장안에 이름이 높았으며, 특히 하지장, 장욱(張旭), 포융과 함께 '오중사사'(吳中四士)라 칭하여졌다. 이들 오중시파(吳中詩派)의 청신한 시풍은 초당의 시풍이 성당의 시풍으로 변하는데 큰 역할을 하였다. 현재 그의 시는 유명한 「춘강화월야」(春江花月夜) 이외에 「대답규몽환」(代答閨夢還) 등 모두 2수만 전한다.

장열(張說) ────────────────────

장열(張說, 667~730)은 자가 도제(道濟) 또는 열지(說之)로, 원래 하동(河東, 산서성 永濟)에서 태어났으나 4살 이후에는 낙양에서 살았다. 689년 무후(武后) 때 대책(對策)으로 급제하여 태자교서(太子校書)가 되었다. 697년 무유의(武攸宜)를 따라 거란 공격에 참여하였으며, 700년 우보궐(右補闕)이 되었다가 장역지 세력의 배제를 받아 703년 광동으로 유배 갔다. 705년 중종이 즉위한 후에는 병부원외랑, 병부시랑, 공부시랑이 되었고, 710년 예종이 즉위한 후에는 중서시랑 겸 옹주장사가 되었고, 곧 재상이 되었다. 현종이 즉위한 후 713년 중서령(中書令)이 되었지만 요숭(姚崇)과 불화하여 상주자사(相州刺史)로 좌천된 후 악주자사(岳州刺史), 형주장사(荊州長史)를 지냈다. 718년 이후 우우림장군(右羽林將軍), 유주도독(幽州都督), 하북절도사(河北節度使), 병부상서(兵部尙書) 등 무관직을 거쳤고, 723년 다시 중서령이 되었다. 727년 사직하였으나 2년 후 다시 우승상이 되었고 곧 좌승상이 되었다.

　　장열은 무후(武后), 중종(中宗), 예종(睿宗), 현종(玄宗) 등 4대를 거치며 세 번 재상을 하면서 당대 발전의 토대를 다진 정치가이다. 후진을 발탁하는데 힘써 장구령, 하지장, 왕한, 왕만 등이 모두 그의 추천으로 문단에 나왔다. 장기간 정부의 주요한 문서가 그의 손에서 나왔기에 당시 소정(蘇頲)과 함께 '대수필'(大手筆)이란 말을 들었다. 문장은 강건하며 풍골을 중시하였는데, 특히 비문에 뛰어났다. 시는 응제시가 일정 분량을 차지하며, 악주(岳州) 이후의 작품에는 때로 처연한 작품이 있다. 『장연공집』(張燕公集) 30권이 전하며, 시에 대해서는 별도로 『전당시』에 5권으로 모아져 있다. 『구당서』권97과 『신당서』권125에 전기가 있다.

장욱(張旭) ────────────────────

장욱(張旭, ?~748?)은 자가 백고(伯高)이고 소주(蘇州) 오(吳) 사람이다. 처음에는 상숙(常熟) 현위가 되었으나 나중에 입경하여 금오장사(金吾長史)가 되었다. 초서를 잘 쓰고 술을 좋아하는 것으로 유명하다. 매번 취하면 소리 지르며 질주하고 붓을 휘둘러 변화가 풍부한 명작을 만들어내었다. 당시 사람들은 그를 '장전'(張顚)이란 별명으로 불렀다. 짐꾼들이 길을 헤쳐 나가는 모습을 보고 고취악을 들으며 필법을 얻었다고 하며, 공손대

낭(公孫大娘)의 검무를 보고 그 서예의 정신을 체득했다고 말했다. 안진경도 일찍이 그로부터 서예를 배웠다. 이기(李頎), 고적(高適), 이백(李白)과 친하였으며, 이기는 「장욱에게」(贈張旭)를 써서 그의 인물됨을 형상성 높게 그려냈다. 두보도 「음주팔선가」에서 '주중팔선'(酒中八仙) 가운데 하나로 넣었다. 나중에 문종(文宗)은 조칙을 내려 이백의 시, 배민의 검무, 장욱의 초서를 '삼절'(三絶)이라 칭하였다. 장욱은 시도 잘 써 당시 하지장, 포융, 장약허와 함께 '오중사사'(吳中四子)로 알려졌다. 명대 양신(楊愼)은 그의 시를 '청일'(清逸)하다고 평가하였다. 현재 시 10수가 전한다.

장위(張謂)

장위(張謂, 711?~775?)는 자가 정언(正言)으로 하내(河內, 하남성 沁陽) 사람이다. 어려서 숭산(嵩山)에서 공부하였다. 산동과 하북을 유력할 때 이백과 사귀었으며, 743년에 진사에 급제하였다. 754년 안서절도사 봉상청(封常淸)의 막부에 들어가 공을 세웠다. 758년 상서랑(尙書郞)으로 하구(夏口)에 출장 갔을 때 야랑으로 유배 가는 이백을 만나 호수에서 잔치를 벌인 일은 유명하다. 767년 담주자사(潭州刺史)가 되었고, 다음 해 원결(元結)이 용주자사(容州刺史)로 갈 때 사귀었다. 장안에 들어가 태자좌서자(太子左庶子)가 되었고, 이어서 예부시랑(禮部侍郞)이 되어 공거(貢擧)를 주관하였다. 원대 신문방(辛文房)은 그의 시를 평하여 "격도(格度)가 엄밀하고, 언어가 정확하고 운치가 깊으며, 박자를 치는 듯 절도 있는 소리가 많다"(格度嚴密, 語致精深, 多擊節之音)고 하였다. 현재 시 40여 수가 전한다.

장자용(張子容)

장자용(張子容, ?~약 760)은 양양(襄陽) 사람으로, 젊어서 백학산(白鶴山)에서 은거하였고, 713년 과거에 급제하였다. 온주(溫州) 낙성위(樂城尉)가 되었다가 진릉위(晉陵尉)가 되었다. 나중에는 벼슬을 그만두고 은거하였다. 안사의 난 기간에도 생존했으나 이후의 행적은 기록되지 않았다. 장자용은 맹호연과 동향 사람으로 가장 절친하였으며, 그 시풍도 맹호연과 흡사하다. 맹호연이 오월 지방을 여행할 때 마침 장자용은 낙성위와 진릉위에 있었기에 서로 만나 시를 주고받았다. 현재 남겨진 시는 『전당시』에 1권으로 편집되어 있다.

장적(張籍)

장적(張籍, 약 766~약 830)은 자가 문창(文昌)으로, 오군(吳郡, 강소성 蘇州市) 사람이다. 797년 한유를 알게 되었고, 798년 한유의 주관하는 변주(汴州) 부시(府試)에 합격한 후, 다음 해 진사에 급제하였다. 806년 태상시(太常寺) 태축(太祝)이 되어 10년간 임직했다. 816년 국자조교(國子助敎), 820년 비서랑(秘書郞)이 되었다. 820년 연말에 한유의 추천으로 국자박사(國子博士)가 되었고, 이후 수부원외랑(水部員外郞), 주객랑중(主客郞中), 국자사업(國子司業) 등을 역임하였다.

장적은 한유의 학생이자 백거이의 친구로 중당 문단의 중심에서 활동하였다. 특히 악부시에 뛰어나 친구 왕건(王建)과 함께 '장왕악부'(張王樂府)라 칭해졌다. 그는 고악부를 모의한 것은 물론 신악부도 제작하였는데, 이들 악부시는 평이한 언어와 짧은 형식으로 농촌 현실을 생생하게 부각하였다. 또 현실에 대해서도 직설적인 서술이 아니라 시속의 인물이나 사건이 자연스럽게 주제를 드러나게 하여 백거이의 신악부 운동에 강력한 우익이 되었다. 악부시 이외에는 오언고시가 특히 뛰어났으며 근체시는 조탁하지 않아 자연스럽다. 그의 시 가운데는 812년 신라인 김사신(金士信)을 보내며 쓴 「신라로 돌아가는 김소경 부사를 보내며」(送金少卿副使歸新羅)를 비롯하여 신라 사람에게 주는 시가 모두 3편 남아있다. 현재 『장사업집』(張司業集) 8권이 전한다. 『구당서』 권160과 『신당서』 권176에 전기가 실려 있다.

장조(張潮) ————————————————————

장조(張潮)는 성당 시기에 활동한 시인이다. 윤주(潤州) 단양 사람으로 개원 연간에는 은거하며 처사로 지냈다. 은번(殷璠)의 『단양집』(丹陽集)에서는 "장조의 시는 완곡하고 애절하며 비량한 정서가 많다"(潮詩委曲怨切, 頗多悲涼)고 평하였다. 이익의 이름으로 되어 있는 「장간의 노래」(長干行)는 장조의 작품으로 보는 것이 정설이다. 현재 시 5구가 전한다.

장중소(張仲素) ————————————————

장중소(張仲素, 769?~819)는 자가 회지(繪之)이며 부리(符離, 안휘 宿縣) 사람이다. 798년 과거에 급제하였으며, 곧 박학굉사과에도 급제하였다. 801년 서주절도사 장음(張愔)의 막부에서 종사로 들어갔다. 이후 둔전원외랑, 고판관(考判官, 812년), 예부원예랑, 사훈원외랑을 역임했으며, 816년 예부랑중으로 한림학사에 충원되었다. 818년 사봉랑중 지제고가 추가되었고, 819년 중서사인이 되었으나 그해 죽었다. 장중소는 시문을 잘 했으며 부(賦)도 잘 썼다. 『신당서』에 『사포』(詞圃) 10권과 부 이론서 『부추』(賦樞) 3권이 저록되어 있으나, 현재 『전당시』에 시 1권과 『전당문』에 부와 문장 27편이 남아있다.

장지화(張志和) ————————————————

장지화(張志和, 743?~810?)는 본명이 장귀령(張龜齡)이며 자가 자동(子同)이다. 무주(婺州, 절강 金華) 사람. 호를 연파조도(煙波釣徒), 현진자(玄眞子), 낭적선생(浪跡先生) 등이라 하였다. 건원(乾元), 상원(上元) 연간에 태학에 유람하였으며, 명경과에 급제하였다. 숙종에게 책문을 내어 상찬을 받아 한림대초가 되었고, 좌금오위록사참군이 되었다. 얼마 후 일에 연좌되어 남포위(南浦尉)로 좌천되었으며, 사면 후 강호를 떠돌아 다녔고, 764년 회계에 은거하면서 10년간 두문불출하였다. 774년 호주자사 안진경(顏眞卿)의 막부에 찾아가 「어부사」 5수를 지으니, 안징경과 육우(陸羽) 등이 창화하여 모두 25수가 만들어졌다. 또 「동정삼산도」를 그리니 안진경이 시를 짓고, 교연(皎然)이 창화하였다. 이후의 행적은 자세하지 않다.

장지화의 「어부사」 5수는 초기 문인사(文人詞)의 명작으로 알려졌으며, 그중 '서새산 앞에 백로가 날고'(西塞山前白鷺飛)가 특히 유명하다. 헌종이 일찍이 그의 초상을 그려 찾게 하였다. 일본의 차아천황(嵯峨天皇)이 823년 「장지화 '어가자' 5수에 화답하며」(和張志和漁歌子五首)를 지어 일본의 전사(塡詞) 창작의 시초를 이루었다. 서화와 음악에도 뛰어났으며, 학술에도 공력이 깊어 『신당서』에 『현정자』 12권과 『태역』(太易) 15권이 저록되어 있다. 전기는 『신당서』 권195에 기록되어 있으며, 현존하는 시는 『전당시』에 9수 실려 있다.

장팔원(章八元)

장팔원(章八元, ?~약 786)은 목주(睦州) 동려(桐廬, 절강성) 사람으로 엄유(嚴維)에게서 시를 배웠다. 771년에 진사에 급제하였으나 관직에 대한 기록이 없으며, 약 786년에 구용현(句容縣) 주부(主簿)가 되었지만 그 이후의 기록도 없다. 현존하는 시문 자료에는 유장경, 엄유, 위응물, 묘발(苗發), 청강(清江) 등과 주고받은 시가 있다. 현재 시 6수가 『전당시』에 남아있다.

장필(張泌)

장필(張泌, 930?~975?)은 자가 자징(子澄)으로 회남(안휘 壽縣) 사람이다. 남당(南唐)에서 벼슬하였으며 후주 때 구용현위(句容縣尉)가 되었다. 962년(建隆 3년) 국사가 점점 어지러워지자 후주에게 정치의 요체에 대해 격한 어조로 상서를 올렸다. 후주가 이를 보고 감찰어사로 임명하였다. 고공원외랑, 내사사인을 역임했고, 972년에는 지공거가 되었다. 장필은 시작에 뛰어났으며, 지은 작품은 대부분 칠언율시로, 시풍이 완려(婉麗)하다. 현전하는 시는 『전당시』에 1권으로 모아져 있다.

장호(張祜)

장호(張祜, 792~854?)은 자가 승길(承吉)이고 남양(南陽, 하남 鄧縣) 사람이다. 고소(姑蘇, 강소 蘇州)에서 살았다. 일찍이 협기와 자유로운 행동으로 강호를 떠돌았다. 823년(32세) 백거이가 항주자사가 되었을 때 서웅(徐凝)과 향시에 경쟁했으나 졌으며, 이후 여러 차례 과거에 응시했으나 급제하지 못하였다. 831년 천평군절도사 영호초가 장호의 시를 모아 조정에 진헌하면서 추천하였으나 경쟁자로부터 제지당한 일도 있었다. 양주에 오래 있었으며 서주, 허주, 지주, 위박, 선성 등지에서 관직을 담당하였으나 성격이 자유분방하여 오래 가지 않았으며 스스로 직책을 떠나기도 하였다. 만년에는 단양(丹陽)에서 은거하다가 죽었다.

장호는 시 짓기에 고심하였으며 당시 시명이 높았다. 특히 궁사와 오율에 뛰어난 시가 나왔으며, 그 밖에 산천과 명찰을 찾아다니며 지은 시 가운데 명편이 많으며, 「혜산사」, 「금산사에 적다」, 「고산사」 등은 절창이다. 그의 시에 대해선 동 시대 시인 두목, 정곡, 백거이, 이섭(李涉), 영호초(令狐楚), 육구몽 등이 언급한 자료들이 아직 남아있다. 『신당서』에는 『장호집』10권이 저록된 이래 여러 판본이 전해 내려왔다. 남송 촉각본(蜀刻本) 『장승길집』(張承吉集) 10권이 수록한 시가 가장 많다.

장회태자(章懷太子)

장회태자(章懷太子, 653~684)는 고종(高宗)과 무측천(武則天) 사이에 태어난 이현(李賢)이다. 노왕(潞王), 패왕(沛王), 옹왕(雍王)으로 차례로 봉해졌으며, 675년(23세) 황태자가 되었다. 일처리가 지극히 공정하고 밝았으며, 학자 장대안(張大安) 등을 시켜 범엽(范曄)의 『후한서』를 주석하게 하였다. 680년 무측천의 시기를 받아 폐위되어 서인(庶人)이 되었고 파주(巴州)로 옮겼다. 684년 무측천이 조정을 장악하면서 32세의 나이로 죽임을 당하였다. 『열번정론』(列藩正論) 30권 등을 저술하였으나 전하지 않으며, 현재 시 1편 이외에 문장 1편만 전한다. 『구당서』 권86과 『신당서』 권81에 전기가 있다.

장효표(章孝標)

장효표(章孝標, ?~약850)는 목주(睦州) 동려(桐廬, 절강성) 사람으로 전당(錢塘, 항주)에서 살았으며, 젊어서 여산을 유람하였다. 814년 이후 매년 과거에 응시하였으나 번번이 낙제하였다. 818년 당시 낙제생들이 시험을 주관하는 지공거를 비판하는 시를 많이 지었으나 장효표만은 그를 흠모하는 『귀연시』(歸燕詩)를 지어 바쳤다. 이를 본 지공거가 그 재주를 아껴 다음 해에도 과거를 주관하면서 장효표를 급제시켰다. 비서성 정자(正字), 교서랑을 역임한 후 항주로 돌아갔다. 이후 830년경 절도사 종사가 되기도 하였다. 845년경 회남절도사 이신(李紳)의 청에 따라 즉석에서 「봄눈」(春雪)시를 지어 상찬을 받은 일이 유명하다. 그 밖의 경력은 자세하지 않다. 시 가운데 「팔월」의 "장안의 밤은 집집마다 달 비치고, 생황 소리 나는 곳마다 시름 깊은 마음일세"(長安夜夜家家月, 幾處笙歌幾處愁)가 유명하며, 역대로 "구름은 헛된 명성 끌고 사라지고, 종소리는 미혹된 큰 꿈을 두드려 깨우는구나"(雲領浮名去, 鐘撞大夢醒)가 상찬된다. 그의 시 가운데 「신라로 돌아가는 김가기를 보내며」(送金可紀歸新羅)는 중당 시기에 한중 문인 교류를 보여주는 주요한 시 가운데 하나이다. 현존하는 시는 『전당시』에 1권으로 묶여 있다.

저광희(儲光義)

저광희(儲光義, 706?~759?)는 윤주(潤州) 연릉(延陵, 강소성 단양) 사람이다. 726년 기무잠, 최국보와 함께 진사에 급제한 후 여러 현의 현위(縣尉)를 지냈다. 731년 종남산에 은거하는 중 태축(太祝)이 되었고, 733년 고향으로 돌아갔다. 이후 다시 종남산에 은거하다가 감찰어사(監察御使)가 되었다. 안사의 난이 일어나자 억류되어 관직을 맡다가 낙양에서 탈출하여 한수(漢水)를 돌아 황제의 행재소에 갔다. 이후 남방으로 폄적되었다가 사면된 후 오래지 않아 죽었다.

성당의 산수전원시파의 주요 작가로, 맹호연, 왕유, 기무잠, 장선지(丁仙芝) 등과 교유하였다. 동 시대 시평가인 은번(殷璠)은 왕창령과 병칭하면서 "격조가 높고 빼어나며, 흥취가 멀고 정감이 깊다"(格高調逸, 趣遠情深)고 평하였다. 심덕잠은 『설시수어』(說詩晬語)에서 당대의 산수전원시파는 도연명에게서 연원하였는데, 왕유가 청유(淸腴)를, 맹호연은 한일(閑逸)을, 위응물은 충화(沖和)를, 유종원은 준결(峻潔)을 배웠다면, 저광희는 박실(朴實)을 가졌다고 평하였다. 농촌의 생활을 절실하게 묘사하고, 한적한 정취를 웅혼한 기운 속에 표현해내었다. 『신당서』「예문지」에는 『저광희집』(儲光義集) 70권을 저록하고 있으나 산일되었고, 현재는 『전당시』(全唐詩)에 4권으로 정리되어 있다.

전기(錢起)

전기(錢起, 약720~약783)는 자가 중문(仲文)이며 오흥(吳興, 절강성 湖州) 사람이다. 750년 「상서성 시험-상수(湘水) 여신의 슬(瑟) 연주」(省試湘靈鼓瑟)라는 제목의 시험에서 진사로 급제하였다. 비서성 교서랑(校書郞), 남전위(藍田尉), 사부원외랑(祠部員外郞), 사훈원외랑(司勳員外郞), 고공랑중(考功郞中) 등을 역임하였다.

전기는 대력십재자(大曆十才子) 가운데 대표적인 인물로, 일찍이 왕유(王維)와 수창하였고, 유장경(劉長卿)과 함께 이름이 높았으며, 낭사원(郞士元)과 '전랑'(錢郞)으로 병칭되었다. 특히 전별시(餞別詩)에 뛰어나 대력 연간에 공경(公卿)이 장안을 떠날 때는 그의 시가 빠지지 않았다. 동 시대인 고중무(高仲武)가 편찬한 『중흥간기집』(中興間氣集)에선 그의 시가 첫째로 실렸다. 그는 진지하게 시작을 하여 청려(淸麗)하고 운미(韻味)가 높은 시를 지었는데 특히 오언율시(五言律詩)에 뛰어났으며 사경(寫景)에 능했다. 한편 그는 지나치게 언어의 수식과 음률을 중시하다 보니 깊은 감정이나 내용이 약한 약점을 보이기도 했다. 성당시(盛唐詩)가 발전시킨 의경과 운미(韻味) 쪽으로 나아갔지만, 혼융(渾融)한 맛이 없어 시의 가치는 성당 시인들에 비해 상대적으로 떨어진다는 평을 받았다. 현재 『전고공집』(錢考功集) 10권이 전한다.

정곡(鄭谷)

정곡(鄭谷, 848~약909)은 자가 수우(守愚)이며 원주(袁州) 의춘(宜春, 강서) 사람이다. 부친은 정사(鄭史)로 만당 시기 한사(寒士)들의 정신적 후원자이자 지원자였다. 정곡은 어려서 총명하여 7세 때부터 시를 지었다고 한다. 과거에 여러 차례 낙제한 후 881년 황소가 장안을 함락하자, 피난하여 형초와 촉 지방 일대를 다녔다. 887년(40세) 과거에 급제하였으나 전란 때문에 떠돌아다니다가 892년 호현위(鄂縣尉)가 되었다. 이후 우습유(右拾遺), 우보궐(右補闕), 도관랑중(都官郎中)을 역임하였다. 왕조가 멸망을 앞두고 위태로워지자 물러나 의춘(宜春)에 은거하였으며, 당이 망하고 2년 후 죽었다.

정곡은 시에 뛰어났으며 마대, 이붕, 이빈, 설능 등의 인정을 받았다. 함통 연간에는 허당, 온헌, 장교 등과 시를 주고받으며 '함통십철'의 하나로 불려졌다. 시승(詩僧) 제기(齊己)가 일찍이 시를 들고 정곡을 찾아갔을 때 「이른 매화」(早梅) 중의 "앞마을이 깊은 눈 속에 파묻혔는데, 어젯밤 몇 가지에서 꽃이 피어났어라"(前村深雪裏, 昨夜數枝開)는 구에 대해 정곡은 "몇 가지에서 피었다면 이른 것이 아니므로 한 가지라 하는 것보다 못하다"(數枝, 非早也, 未若一枝佳.)고 하면서 수(數)보다 일(一)이 낫다고 하였다. 이리하여 '일자사'(一字師)라는 말을 얻었다. 정곡은 오언율시와 칠언율시에 뛰어났으며, 소재로는 영물, 사경, 송별, 증답과 신세에 대한 탄식 등이다. 그의 시 가운데 「자고」(鷓鴣)가 가장 유명하여 '정자고'(鄭鷓鴣)라는 별명을 얻었다. 『신당서』에 저록된 시문집 『운대편』(雲臺編)이 현재 전하며, 현존하는 시는 『전당시』에 4권으로 모아져 있다.

정석(鄭錫)

정석(鄭錫)은 763년 과거에 급제하였고, 이단(李端), 이가우(李嘉祐), 사공서(司空曙) 등과 사귀고 수창하였다. 그 밖의 일은 알려지지 않았다. 현재 시 10수와 문장 3편이 남아 있다.

정선지(丁仙芝)

정선지(丁仙芝)는 윤주(潤州) 곡아(曲阿, 강소성 丹陽市) 사람이다. 725년 진사과에 급제하였으나, 벼슬길이 어려워 5년이 지나도록 직위를 받지 못하였다. 나중에 현의 주부(主簿) 또는 여항현위(余杭縣尉) 등을 지냈다. 저광희(儲光羲)는 이를 안타까이 여겨 "이름이 높아도 낮은 자리에 있으니, 출중한 새가 낮은 가지에 깃드는 것과 같아라"(高名處下位, 逸翮棲卑枝.)라고 탄식하였다. 시풍은 동 시대의 평론가 은번(殷璠)으로부터 완려청신(婉麗淸新)하다는 평가를 받았다. 현존하는 시는 모두 14수로 『전당시』에 실려 있다.

정음(鄭愔)

정음(鄭愔, ?~710)은 자가 문정(文靖)이며 창주(滄州, 하북성) 사람이다. 17세에 진사과에 급제하였다. 무측천 시기에 장역지(張易之) 형제가 추천하여 전중시어사 겸 내공봉이 되었다. 705년 무측천이 제위에서 물러나면서 장역지 형제도 실각하자 선주사호(宣州司戶)로 좌천되었다. 곧 이어 무삼사(武三思)에 의탁하여 중서사인, 태상소경, 수문관학사가 되었다. 무삼사가 피살된 다음 해인 709년에 강주사마(江州司馬)로 좌천되었고, 다음 해에 초왕(譙王) 이중복(李重福)의 모반에 가담한 죄로 족멸되었다. 중종 재위 시기에 응제시를 많이 지었다. 현존하는 시는 『전당시』에 1권으로 묶여 있다.

제기(齊己)

제기(齊己, 864~938?)는 만당의 승려 시인으로 본명은 호득생(胡得生)이며 장사(長沙) 사람이다. 어려서 가난하여 대위산(大潙山) 절에서 소를 쳤는데, 7세 무렵 종종 대나무 가지로 소 잔등에 시를 썼다. 노승이 칭찬하여 승려가 되기를 권유하자 이에 출가하였다. 나중에 각지를 유력하고 명산대천을 유람하였다. 장사 도림사(道林寺)와 여산 동림사(東林寺)에 거주하였다. 921년 사천 지역에 가는 도중 강릉을 지나게 되었는데 형남절도사 고계흥(高季興)이 평소 제기의 이름을 숭모하던 터라 용흥사(龍興寺)에 모시고 승정(僧正)으로 추대하였다. 그러나 성정이 자유로운 제기는 이러한 생활을 힘들어 하면서 결국 병으로 죽었다.

제기는 시를 좋아하고 거문고를 잘했으며 행서에도 뛰어났다. 성정이 방일하면서도 아취가 있었고, 특히 만당 오대 시기에 호남 지역에서 시명이 높았다. 당시 유명한 승려와 시인들과도 교류가 넓었는데 주요한 사람으로는 정곡(鄭谷), 손광헌(孫光憲), 관휴(貫休), 상안(尙顏), 허중(虛中), 조송(曹松), 이동(李洞), 방간(方干), 심빈(沈彬) 등이다. 시는 고음하는 편이었다. 문인들이 모은 『백련집』(白蓮集) 10권이 현재 전하며, 그 밖에 시론서 『풍소지격』(風騷旨格) 1권이 전한다.

조당(曹唐)

조당(曹唐, ?~866?)은 자가 요빈(堯賓)이며 계주(桂州, 광서 계림) 사람이다. 처음에 도사가 되었으나 나중에 환속하였다. 대중 연간에 과거를 보았으나 낙제하였으며, 여러 막부에서 종사로 불렀기에 나가기도 하였다. 그러나 뜻이 높은데 비해 관직이 낮아 평소 억눌려 있었다. 일찍이 자신의 처지를 「병든 말」(病馬) 5수로 나타냈는데, 그중 명구가 인구에 회자하였다. 100수 가까이 되는 「유선시」는 고대의 신선에 대한 앙모와 함께 만남과 이별, 기쁨과 슬픔 등을 나타내고 있어 당시에 널리 알려졌다. 『신당서』에 『조당시』 3권이 저록되어 있으나 산일되었고, 현전하는 작품은 『전당시』에 2권으로 묶여있다.

조미명(趙微明) ────────

조미명(趙微明)은 천수(天水, 감숙성 천수시) 사람으로, 서예에도 뛰어나 두고(竇皐)의 「술서부」(述書賦)에서 그의 글씨를 칭찬하였다. 원결(元結)의 『협중집』(篋中集)에 시 3편이 수록되어 있을 뿐, 그 밖에 다른 기록이 없어 구체적인 생졸년과 활동은 알려지지 않았다.

조업(曹鄴) ────────

조업(曹鄴, 약816~약875)은 자가 업지(鄴之)로, 계주 양삭(陽朔, 지금의 광서 桂林) 사람이다. 여러 차례 과거에 응시하였으나 급제하지 못하다가, 중서사인 위각(韋慤)과 예부시랑 배휴(裴休)의 추천을 받아 850년 급제하였다. 이후 천평군절도사(天平軍節度使) 아래 장서기(掌書記)를 지냈고, 태상박사(太常博士), 주객원외랑(主客員外郎), 사부랑중(祠部郎中), 양주자사(洋州刺史)를 역임하였다.

조업은 유가(劉駕)와 친했으며, 함께 고체시(古體詩)로 세속을 비판하는 시를 잘 지었다. 어려서부터 가난하여 백성을 동정하는 시가 많고, 시풍도 민간의 구어를 채용하여 질박(質朴)하다. 특히 「관아 창고의 쥐」(官倉鼠)와 「고기잡이 노래」(捕漁謠)는 대표작으로 꼽힌다. 이런 시풍은 유가(劉駕), 우분(于濆), 섭이중(聶夷中), 소알(邵謁) 등과 함께 하나의 유파를 이루어, 만당의 섬세하고 화려한 시풍과 대조를 이룬다. 『신당서』에는 『조업시』(曹鄴詩) 3권이 저록되어 있으나, 현재 『전당시』에 2권으로 남아있다.

조영(祖詠) ────────

조영(祖詠, ?~약745)은 낙양 사람으로 724년 과거에 급제하였다. 제주(齊州) 동쪽에서 벼슬을 하였으나 곧 폄적되었다. 나중에는 여분(汝墳, 하남성 襄城)에서 은거하며 고기 잡고 나무하며 살았다. 특히 젊어서부터 왕유와 친하였으며, 저광희, 노상(盧象), 구위(邱爲), 왕한(王翰) 등과 교유하였다. 왕한이 선주장사(仙州長史) 또는 여주별가(汝州別駕)로 지역 명사와 만날 때는 조영이 항상 자리를 했다. 그의 시 가운데는 과거 시험 때 쓴 「종남산의 잔설을 바라보며」(終南望餘雪)가 특히 유명하다. 시 중에는 산수시가 많으며, 현존하는 시는 『전당시』에 1권으로 모아져 있다.

조하(趙嘏) ────────

조하(趙嘏, 약806~약854)는 자가 승우(承祐)이며, 초주(楚州) 산양(山陽, 강소성 淮安) 사람이다. 젊어서 장안과 선주(宣州) 일대를 다니며 출로를 모색하다가, 844년 과거에 급제하였다. 과거 급제 후에도 별다른 관직 없이 지내다가 850년경 위남위(渭南尉)가 되었으며, 오래지 않아 죽었다. 조하는 젊어서부터 친구 두목(杜牧)의 상찬을 받았으며, 생존

당시 상당히 시명(詩名)이 있었다. 특히 칠언율시(七言律詩)에 원숙하였다. 『신당서』에는 『위남집』(渭南集) 3권과 『편년시』(編年詩) 2권이 저록되어 있으나, 일부 산일되었고 현재 『전당시』에 2권으로 남아있다.

종초객(宗楚客)

종초객(宗楚客, ?~710)은 자가 숙오(叔敖)로, 포주(蒲州) 하동(河東, 지금의 산서성 永濟) 사람이다. 무측천과 친척 관계이다. 진사 급제 후 호부시랑(戶部侍郎)이 되었다. 뇌물죄로 영남에 유배되었다가 다시 귀경하여 하관시랑(夏官侍郎), 태복경(太僕卿)을 역임하였고, 무삼사(武三思)에 아부하여 병부상서(兵部尙書), 중서령(中書令)에 이르렀다. 역사서에는 충신들을 모해한 인물로 기록되어있다. 710년 현종이 쿠데타를 일으킬 때 위후(韋后), 무삼사(武三思)와 함께 살해되었다. 『전당시』 권46에 시 6수가 남아있다.

주경여(朱慶餘)

주경여(朱慶餘, 약796~840?)는 본명이 주가구(朱可久)이나 자로 더 많이 알려졌다. 월주(越州, 절강 紹興) 사람이다. 일찍이 행권(行卷)을 장적(張籍)에게 바쳐 장적의 인정을 받았으며, 장적이 소매에 그의 시를 써서 다니며 알리자 사람들이 그 시를 베끼며 읊었다. 826년 진사과에 급제했으며, 비서성 교서랑이 되었다.

주경여는 당시의 시인들과 교유가 넓었으며, 가도, 요합, 장효표, 고비웅, 장적 등과 창화하였다. 특히 오언율시와 칠언절구에 뛰어났으며, 내용은 주로 송별시, 수답시, 제영시(題詠詩), 기유시(紀遊詩)가 많다. 『신당서』에는 『주경여시』 1권이 저록되어 있으나, 현재 『전당시』에는 2권으로 편집되어 있다.

주만(朱灣)

주만(朱灣, ?~약785)은 자호를 창주자(滄洲子)라 하였으며, 대력 연간 초기에 강남에서 은거하였다. 775년 영평군절도사(永平軍節度使) 이면(李勉)의 종사(從事)가 되었다. 779년 종사를 그만 두고 선주(宣州) 동계(東溪)에서 은거하다가 지주자사(池州刺史)를 잠시 대행하기도 하였다. 『신당서』에 『주만시집』(朱灣詩集) 4권이 저록되어 있으나, 현재는 『전당시』에 시 1권만 전한다.

주박(周朴)

주박(周朴, ?~879)은 자가 견소(見素)이고 목주(睦州) 동려(桐廬) 사람이다. 당대 말기 전란을 피해 복주(福州)에 가서 산림에 은거하였다. 함통(咸通), 건부(乾符) 연간에 복주 오석산(烏石山)의 절에서 기거하였다. 사람됨이 자유롭고 방일하였으며, 명리에 담박하고, 승려와 어부들과 사귀기 좋아하며 벼슬에 흥취가 없었다. 복건관찰사 양발(楊發)과 후임 이회(李誨)가 그의 시를 좋아해 차례로 불렀으나 가지 않았다. 879년 황소(黃巢)가 복주를 함락한 후 그를 불렀으나 주박이 "내 일찍이 천자의 벼슬도 마다했는데 어찌 도적을 따르겠는가!"라 하였다. 황소에 이에 노하여 살해하였다.

주박은 시 짓기를 좋아하여 경물마다 기민한 시상을 생각하느라 날 저무는 것도 잊었다. 한 달 동안 구상하여 한 연이나 한 구를 얻어도 즐거워하였다. 당시 사람들이 말하기를 "달이 가고 계절이 가도록 시구를 단련하여, 아직 완성되지 않았는데도 이미 사람들의 입으로 전해졌다"(月鍛季煉, 未及成篇, 已播人口)고 하였다. 방간(方干), 이빈(李頻), 관휴(貫休) 등과 친하였다. 『신당서』에 『주박시』(周朴詩) 2권이 저록되었으나 산일되었고, 현존하는 시는 『전당시』에 1권으로 편집되어 있다.

주방(朱放)

주방(朱放, ?~787)은 자가 장통(長通)이며 양주 양양(襄陽, 호북성) 사람이다. 안사의 난 때 섬현(剡縣)으로 이사했다가 나중에 산음(山陰)으로 다시 이사하였다. 783년 강서절도사 이고(李皋)의 막부에 들어갔다가 단양에서 은거하였다. 786년 좌습유로 발탁되었으나 곧 병으로 오 지방에 돌아왔다. 이후 양주에서 죽었다. 주방은 여시인 이계란(李季蘭)과 정의가 돈독했다. 무원형(武元衡)은 주방에게 부치는 시에서 '시인 가운데 제일류'(詩家第一流)라 상찬하였다. 현재 『전당시』에 시 1권이 남아 있다.

주요(周繇)

주요(周繇, ?~약890)는 자가 윤원(允元)이고, 지주(池州) 청양(靑陽) 사람이다. 집안이 가난하였으며 시인 주번(周繁)의 형이다. 870년경 '함통십철'의 하나로 장안에 시명이 높았으며, 872년 과거에 급제하여 교서랑이 되었다. 나중에 복창현위(福昌縣尉), 건덕현령(建德縣令)을 역임하였다.

주요는 고음하여 당시 '시선'(诗禅)이란 말을 들었다. 당시 교왕한 시인도 많았으며 임관(林寬), 이소상(李昭象), 두순학(杜荀鶴) 등과 창화하였다. 현존하는 시는 『전당시』에 1권으로 묶여 있다.

그의 동생 주번(周繁)은 중화(中和) 연간(881~885)에 양주에 있는 신라 문인 최치원(崔致遠)을 찾아가 자신의 시집 『소산집』(小山集)을 보인 일이 『계원필경』에 기록되어 있다.

당대 말기에는 이름이 같고 나이가 비슷한 또 한 사람의 주요(周繇)가 있는데 자가 위헌(爲憲)이며, 어사중승(御史中丞)의 신분으로 산남동도절도사 서상(徐商) 아래 종사를 지냈으며, 막부 안의 단성식(段成式), 온정균(溫庭筠), 위섬(韋蟾), 온정호(溫庭皓) 등과 친하게 지내며 창화하였다. 그는 이들과 화답한 시를 모아 『한상제금집』(漢上題襟集) 3권을 펴냈다.

주하(周賀)

주하(周賀, 약777~약841)는 동낙(東洛, 하남 낙양) 사람으로 일찍이 중악 소실산에서 은거하였으며, 여산에서 승려가 되었다. 법호는 청새(清塞). 835년경 항주자사 요합이 그의 시를 좋아하여 불렀으며 환속하라고 권하였다. 그러나 그 이후 개성(開成) 연간에 쓴 시에서 자신을 '향승'(鄕僧)이라 부르고 있다. 만년에 지은 시를 보면 출사하였음을 알 수 있지만 그 밖의 경력은 자세하지 않다. 주하는 가도, 무가와 함께 시명이 있었으며, 시격이 청아하다는 평을 받았다. 요합, 가도, 방간, 주여경 등과 친하였으며 이들과 남긴 증답시가 있다. 『신당서』에 『주하시』 1권이 저록되어 있으며, 현존하는 시는 『전당시』에 1권으로 편집되어 있다.

진계(秦系)

진계(秦系, 약725~약805)는 자가 공서(公緒)이며 월주 회계(절강 紹興) 사람이다. 스스로 호를 동해조객(東海釣客)이라 하였다. 젊어서 과거에 응시한 적도 있으나 낙제하였고, 안사의 난 이후 월주 섬계(剡溪)에 은거하였다. 770년 상주자사 설숭주(薛嵩奏)가 우위솔부 창조로 빙초하였으나 가지 않고, 지역의 문인들과 창화하였다. 특히 유장경과 창화한 시가 많아, 나중에 두 사람의 창화집을 편찬하기도 하였다. 779년 천주(泉州) 남안 구일산에 은거하였으며 곧 월주로 돌아갔다. 호주와 무주 등지를 다녔으며 교연, 대숙륜, 위응물 등과 창화하였다. 791년 서주절도사 장건봉(張建封) 아래 종사가 되었다. 800년 장건봉이 죽자 강남으로 돌아가 모산(茅山)에 살았다.

진계는 산수시와 은일시를 많이 지었으며 오언시에 뛰어났다. 일찍이 『노자』도 주석하였으나 전하지 않는다. 현존하는 시는 『신당서』에 1권으로 묶여 있다.

진도(陳陶)

진도(陳陶, 약812~약874)는 만당 시인으로, 자는 숭백(嵩伯)이고 호를 삼교포의(三教布衣)라 하였다. 과거에 응시하였으나 급제하지 못하자 강남과 영남 지방을 유력하였다. 이 과정에서 조계(趙棨), 계중무(桂仲武), 나양(羅讓), 주지(周墀) 등 지방관들에게 간알시를 지어 바쳤다. 40세경에 광주까지 갔다가 다시 홍주(洪州)에 돌아가 은거하면서 채경(蔡京)과 관휴(貫休)와 사귀었다. 50세경에 촉 지방을 유력하였다. 그의 행적과 작품은 곧잘 남당의 동명이인의 것과 혼동되므로 주의를 요한다.

진도는 악부에 뛰어났으며, 그의 대표작 「농서의 노래」(隴西行)는 "가련하여라 무정하 강변의 해골들, 아직도 규중의 여인에겐 꿈속의 사람인 것을"(可憐無定河邊骨, 猶是春閨夢裏人)은 널리 애창되었다. 『문록』(文錄) 10권이 있었으나 산일되었고, 현재 『전당시』에 시 2권이 남아있다.

진도옥(秦韜玉)

진도옥(秦韜玉, ?~890?)은 만당 시기에 활동한 시인이다. 자는 중명(中明)이며, 호남 사람이다. 부친은 좌군군장(左軍軍將)이며, 이 때문에 진도옥이 환관들과 사귀었기에 사대부들이 '방림십철'(芳林十哲)의 한 사람이라 지목하며 질시하였다. 881년 황소가 장안을 함락하자 희종을 따라 성도에 갔으며, 공부시랑, 염철관으로 승진하였고, 882년 특별 칙명으로 진사에 급제하였다. 885년 희종이 장안으로 돌아올 때 따라왔으며, 전령자(田令孜)의 신책군 판관이 되었다. 진도옥은 칠언율시에 뛰어났으며 작품을 지을 때마다 여러 사람들에게 전송되었다. 「귀공자의 노래」(貴公子行), 「빈녀」(貧女), 「소상」(瀟湘) 등은 절창이란 평을 받으며 인구에 회자되었다. 『신당서』에 『투지소록』(投知小錄) 3권이 저록되어 있으나 산일되었고, 현전하는 작품은 『전당시』에 시 1권으로 묶여있다.

진옥란(陳玉蘭)

『전당시』에서는 '오 지방 사람 왕가(王駕)의 처'라 되어 있고 「남편에게 부침」(寄夫) 1수가 실려 있다. 그러나 오대 위곡(韋縠)이 편찬한 『재조집』(才調集)과 송대 홍매(洪邁)가 편집한 『만수당인절구』 등에서는 모두 왕가(王駕)의 작품에 제목도 「고의」(古意)라 되어 있다. 현존하는 문헌에서는 당송 필기 등에 진옥란의 이름은 나오지 않으며, 명대 말기 종성(鐘惺)이 편찬한 『명원시귀』(名媛詩歸)부터 진옥란의 작품이라 표기되었으므로, 아마도 후인들이 만들어낸 이름으로 보인다.

진우(陳羽)

진우(陳羽, 753?~?)는 자가 미상이며 오흥(吳興) 사람이다. 일찍이 회계의 경호와 약야계 일대를 유람하며 시승 영일(靈一)과 수창하였다. 783년에는 대숙륜이 용주자사로 갈 때 시를 써서 송별하였다. 나중에 계주(桂州)를 유람하다가 양형(楊衡)을 사귀기도 하였다. 792년에 한유와 나란히 과거에 급제한 후, 촉 지방을 유람하여 다녀온 후 동궁위좌(東宮衛佐)가 되었다. 이후의 사적은 기록이 없다. 진우의 시는 사경에 뛰어나며 가구가 많다. 현재 『전당시』에 시 1권이 전한다.

진윤(陳潤)

진윤(陳潤, ?~772)은 소주(蘇州) 사람으로, 군망은 영천(潁川, 하남성許昌)이다. 770년 명경과(明經科)에 급제했으며, 다음 해 무재이등과(茂才異等科)에 급제하였다. 방주(坊州) 부성령(鄜城令)이 되었으나 곧 죽었다. 장위(張謂)의 『시인주객도』에서는 고고오일주(高古奧逸主) 맹운경(孟雲卿) 아래 급문(及門)으로 올려있다. 백거이가 쓴 묘지명에 그에 대한 사적이 남아있다. 현존하는 시는 『전당시』에 8수와 『전당시 속보유』에 1수가 있다.

진자앙(陳子昂)

진자앙(陳子昂, 659~700)은 자가 백옥(伯玉)이며, 재주(梓州) 사홍(射洪, 지금의 사천성) 사람이다. 684년 진사에 급제하였다. 대궐 앞에서 상소하니 무측천(武則天)이 불러 인대(麟臺) 정자(正字, 좌습유)로 임명하였다. 이후 직언으로 시정의 폐해를 지적하였다. 686년에 좌보궐(左補闕) 교지지(喬知之)를 따라 장액(張掖) 등 서북 지방을 다녀왔다. 696년에는 건안왕(建安王) 무유의(武攸宜)를 따라 거란을 토벌하러 유주(幽州) 등 동북 지방을 종군하였다. 무유의가 전투에서 패배하자 군사 1만으로 전군(前軍)을 편성할 것을 주장하였으나 오히려 강등 처분을 받았다. 나중에 고향으로 돌아가자 무유의의 사주를 받은 현령 단간(段簡)에 의해 살해되었다.

진자앙은 '한위 풍골(漢魏風骨)'을 제창하고 제량(齊梁)의 기미(綺靡)한 시풍을 반대하였으며, 시에는 '흥기(興寄)'가 있어야 한다고 주장하였다. 「감우」(感遇), 「유주대에 올라」(登幽州臺歌)등의 시는 감정이 격앙하며 풍격이 높다. 나중에 이백(李白), 두보(杜甫), 한유(韓愈), 백거이(白居易) 등이 모두 그를 추앙하였다. 그의 시는 현재 110여 수가 남아있다.

창당(暢當)

창당(暢當, ?~800?)은 하동(河東, 산서 永濟) 사람이다. 772년 진사과에 급제했으며, 780년에 홍문관 교서랑이 되었다. 783년 징병에 응모하여 산남절도 막부에 들어갔다. 788년 입경하여 태상박사가 되었고, 796년 과주(果州)자사가 되었다. 과주자사를 마친 후에는 예주(澧州)를 유람했으나 그 이후의 기록은 자세하지 않다. 창당은 동 시대의 시인 노륜, 경위, 사공서, 이단, 위응물 등과 친하였으며 수창한 시를 남기고 있다. 『당시기사』에서는 "평담하며 가구가 많다"(平淡多佳句)고 평하였다. 『신당서』에 『창당시』 2권이 저록되어 있으나, 현재 남은 시는 『전당시』에 1권으로 묶여 있다.

처묵(處黙)

처묵(處黙, 약 830~약 900)은 승려 시인으로 문종(文宗, 재위 827~840) 때 태어났으며, 어려서 난계(蘭溪)의 절로 출가하였다. 어렸을 때는 이웃하는 안국사(安國寺)의 관휴(貫休)와 울타리를 두고 시를 주고받았다. 나중에 항주, 윤주 등지를 다녔으며, 여산과 구화산에 거주하기도 했고, 장안에 들어가 자은사(慈恩寺)에 거주하기도 하였다. 나은, 정곡 등과 교왕하였다. 그 졸년은 대략 당대 말기로 본다. 『송사』에는 시집 1권이 저록되어 있으나 망일되었고, 현재 시 8수만 전한다.

초욱(焦郁)

초욱(焦郁)은 802년 경양현위(涇陽縣尉)로 있었다는 기록 외에는 알려진 사실이 없다. 현재 『전당시』에 시 3수가 남아있다.

최각(崔珏)

최각(崔珏)은 만당 시기 활동한 시인이다. 자가 몽지(夢之)이며 청하(淸河, 하북성) 사람으로, 형주에서 살았다. 젊어서 사천 지방에 놀러갔으며, 이상은이 송별하며 시를 주기도 하였다. 대중 연간(847~860)에 진사과에 급제하였다. 이후 형남절도사 최현(崔鉉) 막부에서 지냈으며, 최현의 추천으로 입경하여 비서랑이 되었다. 기현령(淇縣令)을 거쳐 시어사로 관직을 마쳤다. 조광원(趙光遠)과 함께 어울려 창화하며 경박하다는 평을 받기도 하였다. 원앙을 노래한 시가 알려져 '최원앙'이라 불리기도 하였다. 이상은과 친하였으며, 시 역시 이상은과 비슷한 작품이 있다. 『전당시』에 시 1권이 남아있다.

최국보(崔國輔)

최국보(崔國輔, 678?~758?)는 오군(吳郡, 절강 소주) 사람으로 군망은 청하(淸河)이다. 조부 최신명(崔信明)은 회주(懷州)자사였으며, 부친 최유평(崔惟怦)은 해주(海州)와 기주(沂州)의 사마를 역임했다. 726년 진사과에 급제하여 산음위(山陰尉)가 되었고, 735년 목재과(牧宰科)에 급제하여 허창령(許昌令)이 되었다. 738년경 좌보궐이 된 후, 기서사인, 예부원외랑이 되었으며, 751년 집현전 학사가 되었다. 752년 왕홍(王鉷)과 친한 탓에 연좌되어 경릉군사마(竟陵郡司馬)로 좌천되었다. 나중에 광주도독 막부에 들어갔으나 중용되지 못하였다. 최국보는 시명이 있었으며, 맹호연이나 이백과 가까웠다. 그 밖에 저광희, 기무잠, 상건, 왕창령 등과 함께 성당의 대표 시인으로 손꼽혔으며, 특히 오언절구는 함축적이고 완곡하여 뛰어나다는 평을 받았다. 현재 시 41수가 남아있다.

최도(崔塗)

최도(崔塗, 약850~약890)는 자가 예산(禮山)이며 목주(睦州) 동려(桐廬) 사람이다. 집이 가난하였으며 일생 동안 각지를 떠돌아다녔다. 881년 황소가 장안을 점령하여 희종(僖宗)이 촉 지방으로 몽진하면서, 최도도 과거를 보러 촉으로 들어갔으나 낙제하고 거주(渠州)에 체류하였다. 888년 과거에 급제하였으나 이후의 행적은 자세하지 않다.

최도는 전란의 시대에 떠돌아다녔기 때문에 그의 시도 표박과 실의를 반영한 작품이 많다. 경치를 빌려 감정을 표현하는데 뛰어나 사람의 폐부를 흔드는 명구를 종종 만들어, 만당시가 가지기 쉬운 가벼운 기운이 없다. 현존하는 시는 『전당시』에 1권으로 모아져 있다.

최도융(崔道融)

최도융(崔道融, ?~910?)은 형주(荊州) 사람으로 영남절도사 최표(崔表)의 아들이다. 880년경 황소의 난을 피하여 노모를 모시고 영가(永嘉)로 내려가 은거하며 스스로 '동구산인'(東甌山人)이라 불렀다. 당말에 영가현령이 되었다. 당대 말기 885년부터 복건(福建) 지역은 왕조(王潮)와 왕심지(王審知) 형제가 평정하여 할거하다가 909년 왕심지가 민왕(閩王)이 되었다. 최도융은 민(閩)에서 황도(黃滔), 왕척(王滌) 등과 창화하였고 민왕과 인척 관계가 되었다.

최도융은 품성이 높고 문재가 있으며, 사공도, 방간 등과 교유하며 창화하였다. 특히 오언절구에 뛰어났다. 『신당서』에 『신당시』(申唐詩) 3권이 저록되어 있으나 산일되었고, 영가에 있을 때 지은 『동부집』(東浮集) 10권도 망일되었다. 현존하는 시는 『전당시』에 1권으로 묶여 있다.

최동(崔峒)

최동(崔峒, ?~약786)은 정주(定州) 박릉군(博陵郡, 하북성 정현) 사람이다. 안사의 난 때 강남으로 피난 갔다. 대력 연간 초기에 과거에 급제하였으며 대력십재자의 한 사람으로 전기와 노륜 등과 창화하였다. 습유, 집현전학사를 거쳐 좌보궐(左補闕)이 되었다. 노주(潞州) 공조참군(功曹參軍)으로 좌천된 후 임지에서 죽었다. 고중무(高仲武)는 "문장이 화려하고 빛나며, 주제가 방정하고 문아하다"(文彩炳然, 意思方雅)고 평하였다. 유작은 현재 『전당시』에 1권으로 묶여 있다.

최서(崔曙)

최서(崔曙, ?~739)는 원적이 박릉(博陵, 지금의 하북성 安平)이나 나중에 송주(宋州, 지금의 하남성商丘市)에서 살았다. 어려서 가난하여 숭산(嵩山)의 소실산(少室山)에서 은거하며 독서하였다. 738년 진사에 급제하여 하내현(河內縣)의 현위가 되었으나 이듬해에 죽었다. 문인 가운데서는 특히 설거(薛據)와 친했다. 최서의 시는 정조가 슬픈 것이 특징이다. 현재 시 15수가 남아있다.

최식(崔湜)

최식(崔湜, 671~713)은 자가 징란(澄瀾)이며, 정주(定州) 안희(安喜, 하북성 定縣) 사람이다. 동생 최액(崔液), 최척(崔滌)과 함께 형제 문인으로 유명했다. 젊어서 문장을 잘 지었으며 약관의 나이에 진사에 급제한 후, 좌보궐(左補闕), 전중시어사(殿中侍御史), 고공원외랑(考功員外郎)이 되었다. 당시 실권을 쥐고 있던 무삼사(武三思)에 아부하였기에 705년 이래 중서사인(中書舍人)으로 빠르게 승진하였고, 병부시랑(兵部侍郎), 이부시랑(吏部侍郎)을 거쳐 709년에는 상관완아(上官婉兒)의 추천으로 재상이 되었다. 그러나 같은 해 인사 문제로 어사의 탄핵을 받아 길주사마(吉州司馬)로 좌천되었다. 안락공주(安樂公主)와 상관완아(上官婉兒)의 비호로 양주자사(襄州刺史)로 교체되었고, 얼마 후 상서좌승(尙書左丞)으로 발탁되었다. 710년 위후(韋后)가 중종을 독살하고 섭정한 후 재상으로 발탁되었으나, 평왕(平王, 현종)이 위후 일당을 처단하고 예종을 즉위시키면서 화주자사(華州刺史)로 좌천되었다. 태평공주(太平公主)의 추천으로 중서령(中書令)이 되었으나, 현종의 즉위 다음 해인 713년 태평공주의 역모에 가담한 죄로 좌천되었고 좌천 도중 사사받았다.

현존하는 시는 『전당시』에 1권으로 정리되어 있으며, 전기는 『구당서』 권74과 『신당서』 권99에 실려 있다.

최호(崔顥)

최호(崔顥, ?~754)는 변주(汴州, 하남성 개봉시) 사람으로 723년에 진사에 급제하였다. 한때 강남을 유람하였으며, 개원 연간 말기에 대주도독(代州都督) 두희망(杜希望)의 인정을 받아 하동 군막(軍幕)에서 감찰어사(監察御使)를 지냈다. 나중에 태복시승(太僕寺丞), 사훈원외랑(司勳員外郎)을 역임하였다. 생존 당시에 이름이 높았고, 노상(盧象)과 엄정지(嚴挺之)와 교유하였다.

최호는 젊어서 술과 도박을 좋아하여 경박하다는 평을 받았고, 시도 부염(浮艷)하여 세상 사람들의 비판을 받았다. 나중에 산천을 유람하고 동북 지방에 변방 생활을 한 이후로는 풍격이 웅혼하고 호탕하게 변하였다. 그의 「황학루」(黃鶴樓)는 송대 엄우(嚴羽)가 『창랑시화』(滄浪詩話)에서 "당인 칠언율시 중 가장 뛰어난 시"라 하였으며, 원대 신문방(辛文房)의 『당재자전』(唐才子傳)에는 이백(李白)이 황학루에 대해 쓰려다가 최호의 시에 압도되어 쓰지 못했다는 이야기가 전한다. 그의 시는 『전당시』 등에 42수가 전한다.

칠 세 여자(七歲女子)

남해(南海, 광동성 광주) 사람. 시를 잘 짓기로 이름이 나 무측천이 여의(如意)년(692년)에 불러 궁중에 들어가 시를 지었다. 『시화총구』(詩話總龜)와 『당시기사』(唐詩紀事)에 일화와 함께 시 1수가 전한다.

태상은자(太上隱者)

태상은자(太上隱者)는 이름 미상. 어떤 사람이 그 성명을 물어보니 대답을 하지 않고 절구 1수만 남겼다고 한다. 시는 북송 때 편찬된 『고금시화』(古今詩話)에 수록되어 있다. 현대학자 진상군(陳尙君)은 북송 때 사람으로 고증하였다.

포군휘(鮑君徽)

포군휘(鮑君徽)는 자가 문희(文姬)이다. 일찍이 과부가 되었다. 시문에 이름이 있어 788년 덕종이 불러 입궁하였으며, 덕종의 시에 대하여 인덕전에서 송약소(宋若昭) 등과 함께 창화하였다. 입궁 후 얼마 지나지 않아 노모를 봉양해야 한다는 이유로 「걸귀소」(乞歸疏)를 올려 출궁하였다. 804년 전후까지 생존한 것으로 보인다. 현존하는 시는 4수이다.

포용(鮑溶)

포용(鮑溶, ?~약 825)은 자가 덕원(德源)이다. 스스로 초객(楚客)이라 하였으며, '이경에 집이 있다'(二京有家)고 한 점으로 보아 조상이 장안과 낙양에 연고가 있는 것으로 보인다. 강남 산중에 은거하다가 809년 과거에 합격하였다. 그러나 벼슬길이 여의치 않아 산림에 은거하거나 사방을 돌아 다녔다. 한유, 맹교, 은요번 등과 친하였다. 원대 신문방은 그의 고시와 악부시에 대해 특히 높이 평가하였다. 『신당서』에 『포용집』 5권이 저록되어 있으나, 현존하는 시는 『전당시』에 3권으로 묶여있다.

포융(包融)

포융(包融)은 초당 말기부터 개원 연간에 활동한 시인으로, 윤주(潤州) 연릉(延陵, 지금의 강소성 단양) 사람이다. 신룡(神龍) 연간(705~707)에 하지장(賀知章), 하조(賀朝), 만제융(萬齊融), 장약허(張若虛), 형거(邢巨) 등과 함께 뛰어난 시문으로 장안에 이름이 높았다. 또 하지장, 장욱, 장약허와 더불어 오중사사(吳中四士)로 불리었다. 개원 연간(713~741)에 장구령의 추천으로 회주사호참군(懷州司戶參軍), 집현전학사(集賢殿學士), 대리사직(大理司直)

등을 역임하였다. 맹호연과 친하였으며, 아들 포하(包何)는 맹호연에 사사하였다. 현재 시 9수가 전한다.

포하(包何)

포하(包何, 약 724~약 775)는 자가 유사(幼嗣)이며, 윤주(潤州) 연릉(延陵, 강소성 丹陽) 사람이다. 포융(包融)의 아들로, 동생 포길(包佶)과 함께 모두 시명이 높았다. 748년 과거에 급제하여 태자정자(太子正字)가 되었으며, 대력 연간에 기거사인(起居舍人)이 되었다. 『전당시』에 시집 1권이 남아있다.

피일휴(皮日休)

피일휴(皮日休, 약 834~약 881)는 자가 일소(逸少)이며 나중에 습미(襲美)로 고쳤다. 양양(襄陽) 경릉(竟陵, 호북 天門) 사람으로 출신이 가난하였다. 녹문산에 은거하면서 스스로 '녹문자'(鹿門子)라 하였다. 술을 좋아하고 시를 즐겨 스스로 '취음선생'(醉吟先生), '취사'(醉士), '간기포의'(間氣布衣) 등이라 불렀다. 과거에 여러 차례 낙제하였고, 866년 자신의 시문을 모아 『피자문수』(皮子文藪)라 하였다. 다음 해인 867년(34세 경)에 과거에 급제하였으나 바로 관직을 얻지 못해 소주(蘇州)를 유력하였으며, 870년 소주자사 최박(崔璞) 아래 종사(從事)가 되었다. 이때부터 2년간 육구몽과 사귀며 왕성하게 시를 주고받으며 창화하였고, 장분(張賁), 양소업(羊昭業), 이곡(李縠), 최로(崔璐), 위박(魏璞) 등 일대의 문인들도 이 창화에 참가하였다. 872년 상경하여 저작랑, 태상박사를 역임하였으며 비릉부사(毗陵副使)로 나갔다. 황소(黃巢)가 875년 난을 일으킨 후 881년 1월 장안을 점령하였을 때, 강압에 의해 한림학사가 되었다. 이후의 사적은 설이 분분하나 황소에 의해 살해된 것으로 추정된다.

피일휴는 만당을 대표하는 문인으로 시와 문장에 모두 뛰어났으며, 보통 육구몽과 연칭하여 '피륙'(皮陸)이라 한다. 그의 시는 정치의 부패를 질타하고 민생의 비참함을 반영한 내용이 많다. 특히 소주 시대의 작품들이 뛰어났다. 산문은 한유의 문풍을 이어받아 정련된 문장을 쏟아내었는데, 노신(魯迅)은 "엉망이 된 진흙 속의 광채"라고 그 가치를 높이 평가하였다. 저술이 무척 많았으나 현존하는 시는 『전당시』에 9권으로 정리되어 있고, 문장은 『전당문』에 4권으로 묶여 있다.

하지장(賀知章)

하지장(賀知章, 659~744)은 자가 계진(季眞)이며, 월주(越州) 영흥(永興, 절강성 蕭山) 사람으로 어렸을 때 산음(山陰, 절강성 소흥시)으로 이사했다. 695년 진사에 급제했으며, 젊어서 '오중사사'(吳中四士) 가운데 한 사람으로 이름을 떨쳤다. 현종 즉위 후 태상박사(太常博士),

호부원외랑(戶部員外郞), 기거랑(起居郞), 태상소경(太常少卿), 집현전학사(集賢殿學士)를 역임하였으며, 726년 예부시랑(禮部侍郞), 공부시랑(工部侍郞) 겸 비서감(秘書監)이 되었고, 이후 태자빈객(太子賓客)까지 올랐다. 744년 86세의 나이로 도사(道士)가 되겠다고 청하여 현종의 우대를 받으며 귀향하였다.

하지장은 청담을 좋아하고 성격이 방달하였으며, 스스로 호를 사명광객(四明狂客)이라 하였다. 또 술을 좋아하고 시와 서예를 잘 하였으며, 이백(李白)이 장안에 왔을 때 그의 「촉도난」(蜀道難)을 보고 '하늘에서 유배온 신선'이란 뜻의 '적선인'(謫仙人)이라 평하며 친구가 된 일화는 유명하다. 시는 「고향에 돌아와 우연히 쓰다」(回鄕偶書)와 「버들을 읊다」(詠柳)가 널리 전송되었다. 현존하는 시 19수가 『전당시』에 1권으로 편집되어 있고, 『구당서』 권190과 『신당서』 권196에 전기가 있다.

한굉(韓翃)

한굉(韓翃, ?~약783)은 자가 군평(君平)이며 남양(南陽, 하남성) 사람이다. 754년 진사. 762년 치청절도사(淄靑節度使) 후희일(侯希逸)의 막부에서 장서기(掌書記)가 되었으며, 3년 후 후희일이 방축되자 장안으로 가 한거하였다. 이후 전기, 노륜 등과 창화하면서 부마 곽애(郭曖)의 저택에 드나들며 대력십재자(大曆十才子)의 한 사람으로 알려졌다. 이 시기에 활주(滑州)나 변주(汴州)의 막부에서 일하였다. 780년 덕종(德宗)이 그가 지은 「한식」(寒食)이란 시를 높이 평가하여 가부랑중(駕部郞中) 및 황제의 조칙을 기초하는 지제고(知制誥)로 발탁하였고, 다음 해 중서사인(中書舍人)이 되었다.

대력십재자 가운데 한굉은 비교적 잘 알려졌는데 이는 그의 시가 뛰어나서라기보다는 전기(傳奇) 소설 「유씨전」(柳氏傳)의 주인공으로 등장하기 때문이다. 고중무(高仲武)는 '흥치가 풍부하다'(興致繁富)고 평했으며, 청대 왕사진(王士禛)은 칠언절구가 함축적이라고 평하였다. 청대 옹방강(翁方綱) 역시 왕유의 풍치(風致)에 가깝다고 하였다. 한굉의 시는 공정(工整)하고 청려하며 서경시와 송별시가 많다. 송별시는 당대 시가 가운데 가장 수량이 많은 장르로, 이별의 심경을 떠나는 사람의 행정(行程)과 경물 속에 묘사하기에 서정보다는 서경이 많은데, 이러한 기법은 한굉에게서 가장 완숙하게 완성되었다. 특히 가볍고 빠른 행정으로 상대방의 여행의 순조로움을 기원하는 묘사가 많다. 그리하여 전반적으로 어휘와 기교에 주목하여 인구에 회자되는 명구를 많이 남겼다. 현존하는 시는 『전당시』에 3권으로 묶여 있다.

한악(韓偓)

한악(韓偓, 842~914?)은 자가 치요(致堯) 또는 치광(致光)이며 경조 만년(萬年, 서안시) 사람이다. 부친이 한첨(韓瞻)이며, 호를 옥산초인(玉山樵人)이라 하였다. 889년 진사과에 급제하고 하중절도사 막부에서 일하다가 입경하여 좌습유가 되었다. 896년 형부원외랑이 된 후 사훈랑중 겸 시어사가 되었다. 재상 왕부(王溥)의 추천으로 한림학사가 되었으며, 곧 중서사인이 되었다. 901년 소종이 봉상으로 피난 갈 때 병부시랑 및 한림학사승지가 되었다. 소종이 환관의 제어를 받자 한악이 계책을 내고 정국을 안정시켜 소종의 신임을 받았고 재상의 자리를 권유받았으나 사양하였다. 903년 주전충에게 아부하지 않은 탓으로 복주(濮州)사마로 좌천되었고, 다시 영의위(榮懿尉), 등주(鄧州)사마로 옮겼다. 905년 조정에서 다시 한림학사로 불렀으나 정국이 두려워 부임하지 않았다. 906년 복주(福州)로 가서 왕심지(王審知)에 의탁하였다. 나중에 남안(南安)에 있다가 죽었다. 한악은 열 살 때부터 시를 썼으며, 이모부 이상은이 일찍이 "새끼 봉황의 울음이 늙은 봉황보다 높다"(雛鳳淸於老鳳聲)고 칭찬하였다. 한악의 시는 시사와 현실을 걱정하고 자신의 처지를 탄식하는 작품군이 있는데, 강개격앙하며 풍아의 뜻을 나타낸 것으로 평가받았다. 다른 한편 그의 『향렴집』(香奩集)은 완려한 염정을 제재로 한 작품이 많아, 후인들이 염정체를 곧잘 '향렴체'라 부르게 되었다. 『신당서』에 『금란밀기』(金鑾密記) 5권, 『한악시』 1권, 『향렴집』 1권이 저록되어 있다. 현재 남아있는 시는 『전당시』에 4권으로 정리되어 있고, 그 밖에 문장 17편이 전한다.

한유(韓愈)

한유(韓愈, 768~825)는 자가 퇴지(退之)이고 남양(南陽, 하남성 孟縣) 사람이다. 스스로 군망(郡望)을 창려(昌黎)라 하였으므로 사람들이 한창려(韓昌黎)라 부르기도 한다. 부친 한중경(韓仲卿)은 무창령(武昌令)을 지냈는데 정치를 잘 하였기에 이백(李白)이 송덕비를 짓기도 하였다. 어려서 부모를 잃고 형수 아래 자라며 힘써 노력하여 육경과 백가의 학문에 통달하였다. 792년(25세) 진사에 급제하였다. 이후 절도사 동진(董晉)과 장건봉(張建封)의 막부에서 추관(推官)이 되었고, 802년 사문박사(四門博士)가 되었다가, 곧 감찰어사(監察御史)로 옮겼다. 이때 경조윤의 참언을 받아 연주(連州) 양산령(陽山令)으로 좌천되었고 곧 강릉법조참군(江陵法曹參軍)이 되었다. 806년 이후 두 번 국자박사(國子博士)가 되었고, 재능을 인정받아 비부랑중(比部郎中), 사관수찬(史館修撰), 고공랑중(考功郎中), 지제고(知制誥), 중서사인(中書舍人)을 역임하였다. 817년 재상 배도(裴度)가 회서절도사 오원제(吳元濟)를 토벌하러 갈 때 행군사마(行軍司馬)를 자청하였으며, 그 공로로 형부시랑(刑部侍郎)이 되었다. 819년 헌종의 부처 유골 영접을 반대한 탓으로 조주자사(潮州刺史)로 좌천되었다가 원주자사(袁州刺史)로 옮겼다. 다음 해인 820년 국자좨주(國子祭酒)가 되었고, 병부시랑(兵部侍郎), 경조윤(京兆尹), 어사대부(御使大夫)를 역임하였다. 824년 이부시랑(吏部侍郎) 재임 때 죽었다.

생전에 맹교(孟郊), 장적(張籍), 최립지(崔立之) 등과 가장 친밀했다. 한유는 스스로 유가의 도통(道統) 계승자라 생각하였으며, 저술에 힘써 학술과 사상 영역에서도 일정한 공헌을 하였다. 이고(李翱), 이한(李漢), 황보식(皇甫湜) 등이 그에게서 배워 세칭 한문제자(韓門弟子)를 이루었다. 이러한 활동은 고문(古文)의 형식으로 추진하였기에 그 영향력이 컸으며, 고문은 이후 당송팔대가 및 동성파의 지지로 중국 산문의 주류가 되었다. 한유의 시대는 성당 이래 당시(唐詩)의 두 번째 전성기로 유종원, 유우석, 장적, 왕건, 이하, 백거이 등이 활동하였으며, 한유는 두보의 시법을 흡수하여 '산문으로 시 쓰기'(以文爲詩)의 방식을 자주 채용하였다. 기이한 상상과 굴곡 많은 구성, 그리고 까다로운 어휘와 압운으로 독특한 시풍의 장편고시를 만들었다. 그의 이러한 경향은 비록 후대에 '압운이 된 산문'(押韻之文)이란 비판도 받았지만 당시에는 유파(流派)를 형성하여 영향력이 컸으며 다른 한편 당시의 세계를 확대한 측면도 있다. 저작으로는 『한유집』(韓愈集) 40권과 『순종실록』(順宗實錄) 5권이 전한다. 『구당서』 권160과 『신당서』 권176에 전기가 있다.

한준(韓濬)

한준(韓濬)은 강동(江東, 지금의 화동 지역) 사람이다. 774년 진사과에 급제하였으며 시인 이단(李端)과 사귀었다. 그 밖의 사항은 미상. 현재 시 1수가 남아있다.

항사(項斯)

항사(項斯)는 자가 자천(子遷)이고 합주(合州, 절강 臨海) 사람이다. 어려서 항주 경산(徑山) 조양봉(朝陽峰) 앞에 초옥을 만들고 승려들과 교우하면서 산 중에서 30여 년을 은거하였다. 장적(張籍)으로부터 처음 시를 배우고 점점 시명이 높아졌으며, 특히 양경지(楊敬之)가 칭찬하면서 명성이 더욱 퍼졌다. 844년 조하, 마대 등과 함께 과거에 급제하였고, 이후 단도현위(丹徒縣尉)가 되었으며 현직에서 작고했다.

항사의 시 가운데 「신라로 돌아가는 나그네를 보내며」(送客歸新羅)라는 시가 있어 신라인과의 교류를 짐작할 수 있다. 『신당서』에 『항사시』(項斯詩) 1권이 저록되어 있으며, 현존하는 시 약 100수는 『전당시』에 1권으로 묶여져 있다.

허당(許棠)

허당(許棠, 822~약 880)은 자는 문화(文化)이며 선주(宣州) 경현(涇縣, 안휘) 사람이다. 일찍이 장교(張喬)와 여산에서 은거하였으며, 젊어서 태원을 유력하다 마대(馬戴)와 사귀었다. 20여 년간 매번 과거에 떨어지다가 871년(50세) 과거에 급제하였다. 회남관역관(淮南館譯官), 경현위(涇縣尉), 건주종사(虔州從事), 강녕승(江寧丞)을 역임하였다.

허당은 고음(苦吟)하는 편이었으며 시명이 있었다. 당시 시인 정곡, 이빈, 설능, 두관 등과 친했으며 장교, 임도, 정곡, 온헌 등과 함께 '함통십철'의 하나로 일컬어졌다. 그의 시 가운데 「동정호를 지나며」(過洞庭湖)를 높이 쳐 당시 사람들이 '허동정'(許洞庭)이라 불렀다. 현재 『전당시』에 시 2권이 전한다.

허당은 신라인에게 주는 시 「사신의 임무로 일동(日東)으로 돌아가는 김오 시어를 보내며」(送金吾侍御奉使日東)를 남기고 있어, 신라인들과 교류가 있었음을 알 수 있다.

허혼(許渾)

허혼(許渾, 795~854)은 자가 용회(用晦)로 재상 허어사(許圉師)의 후예이다. 어려서 가난하여 각고로 노력하였다. 조적은 안륙(安陸)이나 주로 윤주(潤州)에서 살았으며 평소 잔병이 많았다. 청년 시기에 북방 변새 지방을 유력하였으며 남쪽으로 동정호와 상수 지역까지 다녔다. 832년(38세)에 과거에 급제한 후 838년에 당도위(當塗尉)가 되었다. 849년에 감찰어사가 되었으나 병으로 곧 그만 둔 후, 윤주사마(潤州司馬), 목주자사(睦州刺史), 우부원외랑(虞部員外郎), 영주자사(郢州刺史) 등을 역임하였다.

허혼은 당시 저명 시인 두목(杜牧), 이빈(李頻), 이원(李遠) 등과 교제하며 시를 창화하였다. 칠언율시에 특히 뛰어났는데, 대우가 공정하고 때로 평측에 요구법(拗救法)을 원숙하고 적절하게 써서 후인들이 표준으로 삼았다. 소재로는 회고시와 송별시에 가작이 많다. 그의 시는 두목과 비슷한데, 준일(俊逸)한 면은 좀 못하지만 미려(美麗)한 면은 오히려 두목보다 더한 편이다. 또 시에 '수'(水)자를 많이 썼기에 "허혼의 시 일천 수가 젖어있다"(許渾千首濕)는 평이 있다. 현존하는 시 약 500수는 『전당시』에 11권으로 모아져 있다.

현종황제(玄宗皇帝)

현종은 이름이 이융기(李隆基, 685~762)로 예종(睿宗)의 셋째 아들이다. 687년 초왕(楚王)에 봉해졌고, 693년 임치군왕(臨淄郡王)이 되었다. 710년 중종이 죽고 위후(韋后)가 세력을 잡자 군사를 이끌고 위후와 그 세력을 숙청하고 부친인 예종(睿宗)을 옹립하였다. 712년 재위에 올라 개원(開元) 연간에 요숭(姚崇), 송경(宋璟), 한휴(韓休), 장구령(張九齡) 등을 임용하여 태평시대를 열었다. 그러나 천보(天寶) 연간에는 이임보(李林甫), 양국충(楊國忠)을 임용하고 스스로는 향락에 빠져 국정에 소홀하였다. 755년 안록산(安祿山)이 반란을 일으켜 다음 해 장안이 함락되자, 현종은 촉(蜀)으로 피난 갔고 그의 아들 숙종(肅宗)이 영무(靈武)에서 즉위하였다. 다음 해 수도에 돌아와 서내전(西內殿)에 지내다 죽었다. 당나라는 현종을 정점으로 이후부터 점점 쇠락해져갔다.

형거(邢巨)

형거(邢巨)는 양주(揚州) 사람이다. 신룡 연간(705~706)에 하지장, 장약허, 포융 등과 함께 오월(吳越) 문인으로 장안에 이름이 높았다. 712년 수필준발과(手筆俊拔科)에 급제했으며, 719년 문사아려과(文詞雅麗科)에 급제하였다. 감찰어사에 두 번 임명되었다. 현재 시

2수가 남아있다.

형숙(荊叔)

형숙(荊叔)은 생졸년과 적관 등 미상. 송대 탁본한 「자은안탑당현제명」(慈恩雁塔唐賢題
名)에 그의 오언절구가 남아있어 전한다.

황도(黃滔)

황도(黃滔, 840?~?)는 자가 문강(文江)이며 천주(泉州) 보전(莆田, 복건성) 사람이다. 과거 시
험에 20여 년 동안 낙제하다가 895년에 비로소 진사과에 급제하였다. 사문박사가 되었
다가 901년 나중에 오대 민(閩)을 세운 왕심지(王審知)의 징초를 받아 감찰어사 겸 위무
절도추관(威武節度推官)이 되었다. 왕심지가 민 왕조를 세우고 유지하는데 황도의 공이
컸다. 황도는 시문에 뛰어났으며 특히 율부(律賦)를 잘 지었다. 당시 금석과 지명(誌銘)
을 비롯하여 나라의 중요한 저작은 대부분 그의 손으로 이루어졌다. 또 「마외부」(馬嵬
賦), 「경양부」(景陽 賦) 등은 '절조'(絶調)라는 칭송을 받았다. 황도는 교제도 넓었는데 특
히 나은(羅隱), 임관(林寬), 최도융(崔道融), 서인(徐夤) 등과 친하여 자주 수창하였다. 당시
는 혼란기여서 중원이 어지러웠는데, 한악(韓偓), 왕척(王滌), 최도융 등을 민나라에 오
게 하여 문학의 번성을 이룬 것은 황도의 공이다. 『신당서』에 『황도집』 15권과 당대 민
지방 시인의 작품을 모은 『천산수구집』(泉山秀句集) 30권이 저록되어 있으나 현전하지
않는다. 『송사』에 『편략』(編略) 10권, 『보양황어사집』(莆陽黃御使集) 2권이 저록되어 있으
나 전하지 않는다. 다만 오늘날 보이는 것은 『황어사집』(黃御使集) 권10만 있다. 그의 시
는 『전당시』에 3권으로 묶여져 있으며, 문장은 『전당문』에 4권으로 모아져 있다. 『십국
춘추』(十國春秋) 본전에 그의 행적이 기록되어 있다.

황보염(皇甫冉)

황보염(皇甫冉, 718~약771)은 자가 무정(茂政)이고 윤주(潤州) 단양(丹陽) 사람이다. 19세 때
장구령(張九齡)의 상찬을 받았다. 청년 시기에 숭산에서 은거하였고 낙양으로 나와 유
방평(劉方平), 장인(張諲), 담연(湛然) 등과 사귀었다. 756년 과거에 급제하였고, 안사의 난
을 피해 월주(越州)로 갔다. 이 시기에 무석현위(無錫縣尉)를 지냈으며, 포길(包佶), 엄유
(嚴維), 장계(張繼), 영일(靈一), 이가우(李嘉祐) 등과 교왕하였다. 760년에 관직을 그만 두고
상주(常州) 양선산(陽羨山)에 별장을 짓고 살았다. 765년 왕진(王縉)의 막부에 장서기(掌書
記)로 들어갔다가, 767년 장안에 들어가 좌습유가 되었으며, 768년에는 신라에 사신으
로 가는 귀숭경(歸崇敬)을 보내며 송별시를 지었다. 이해 좌보궐이 되었고, 나중에 강남
에 사신으로 갔다가 고향 단양에 들렀을 때 병이 들어 집에서 지냈다. 3년간 고향에서

활동하다가 죽었다. 황보염은 어려서부터 동생 황보증(皇甫曾)과 함께 시명이 높았다. 『신당서』에 『황보염시집』(皇甫冉詩集) 3권을 저록하고 있으나, 현재 그의 시는 『전당시』에 2권으로 남아있다.

황보증(皇甫曾)

황보증(皇甫曾, ?~785)은 자가 효상(孝常)이고 윤주(潤州) 단양(丹陽) 사람이다. 황보염의 동생. 753년 과거에 급제하였고, 안사의 난이 일어나자 오월 지방으로 피난 갔다. 761년 월주(越州) 두홍점(杜鴻漸) 막부에서 일했고, 장안에 들어가 766년 이후 감찰어사와 전중시어사(殿中侍御史)가 되었다. 771년 서주사마(舒州司馬)로 좌천되었으나, 고향 단양에 있으면서 이가우(李嘉祐), 엄유(嚴維), 안진경(顔眞卿), 교연(皎然), 육우(陸羽) 등과 창화하였다. 나중에 양적현령(陽翟縣令)으로 관직을 마쳤다. 그의 작품은 현재 『전당시』에 시집 1권으로 정리되어 있다.

시인별 작품 목록

1. 이 목록은 시인들을 시대순으로 나열하고 시제를 모음으로써, 당대 시가의 전반적인 흐름을 이해하고 이 책에 실린 각 시인의 작품 규모를 알 수 있도록 하였다.
2. 시인의 순서는 활동한 시기를 중심으로 시대순으로 정리하였다.
3. 생몰년이 명확하지 않은 시인은 대략적인 활동 시기를 추정하여 편입시켰다.
4. '개가운이 진헌한 악부사'는 개가운이 활동한 시기에 준하였다.
5. 무명씨는 맨 끝에 붙였다.
6. 각 시인의 작품 순서는 책에 실린 순서를 따랐다.

잠삼(岑參) ─────────

노륜(盧綸) ────────────────

고병(高骿) ————————————————

왕소부 진사의 「동정호 조 선생에게」에 화답하며(和王昭符進士贈洞庭趙先生)   4-381
보허사(步虛詞)   5-528

장갈(章碣) ————————————————

봄 이별(春別)   4-382

방간(方干) ————————————————

진운에서 군의 치소로 가면서, 호계 백리를 작은 배로 떠나니 아침이 되기 전에 도착하매,
4운으로 이 일을 서술하여 단 낭중께 부쳐 바침(自縉雲赴郡, 溪流百里, 輕棹一發, 曾不崇朝, 敍
事四韻, 寄獻段郎中)   4-378
양주에서 잠시 머물며, 학씨 임정에서 객거하다(旅次洋州, 寓居郝氏林亭)   4-379

이증(李拯) ————————————————

조회에 물러나와 종남산을 바라보며(退朝望終南山)   5-539

주요(周繇) ————————————————

바다를 바라보며(望海)   3-480

궁인 한씨(宮人韓氏) ————————————————

홍엽에 적다(題紅葉)   5-356

최도(崔塗) ————————————————

제야 유감(除夜有感)   3-462
봄밤 나그네 회포(春夕旅懷)   4-384

당언겸(唐彦謙) ————————————————

중산(仲山)   5-538

이창부(李昌符) ————————————————

객지에서 봄을 슬퍼하며(旅遊傷春)   3-463
늦가을 예 살던 곳에 돌아와(晩秋歸故居)   3-464

원시 제목 색인